Teuflische Rache

Kriminalroman von Steffan Witsch

In dem Fünf Sternen Restaurant Waldorf Astoria, New York, hoch gelegen im siebten Stockwerk, hatte der Millionär und erfolgreiche Geschäftsmann Axel Rossegger im August 1968 nur engste Gäste geladen. Er feierte mit zweiter Gattin und Freunden eine ausgelassene Party anlässlich des den achtzehnten Geburtstags seiner Tochter Marie Lena und deren bestandener Führerscheinprüfung.

Gegen Mitternacht klagte seine schöne, junge Frau Jennifer über Migräne und verabschiedete sich von ihm. Nachdrücklich lehnte sie sein Angebot ab, ihr einen Fahrer zu besorgen, der sie nach Hause chauffieren würde. Sie schaute noch nach ihrer Stieftochter Marie Lena aus, konnte sie aber in dem Tohuwabohu nicht aufspüren. Wahrscheinlich hatte sich das Geburtstagskind bereits aus dem Staub gemacht und jagte mit dem nagelneuen Geschenk, einem feuerroten Alfa Romeo Spider durch die nächtlichen Straßen.

Der Lift brachte Jennifer Rossegger nach unten ins Parterre. Sie ging an dem unbesetzten Empfangspult vorbei, durch die große, leere Hotelhalle nach draußen auf die Straße. Vor dem Eingang des Grandhotels parkte das neue Kabriolett ihrer Tochter. Das Stoffverdeck war geschlossen. Auf der flachen Motorhaube hatte man eine übergroße, gelbe Samtschleife mit Klebebändern befestigt.

Neugierig trat Jennifer Rossegger auf das Fahrzeug zu. Dabei stieß sie mit der Schuhspitze geräuschvoll gegen einen dunklen Gegenstand auf dem Bürgersteig. Sie hob ihn auf und hielt irritiert ein bluttriefendes Messer in der Hand. Noch verstand sie nichts. Nur ihr Herzschlag beschleunigte sich leicht. Sie blickte in das Wageninnere und erkannte ihre Stieftochter zusammengesunken auf dem Fahrersitz. Der blonde Kopf ruhte auf dem Lenkrad. Marie Lena schien zu schlafen. Aus dem Fußraum loderte eine unruhige Flamme empor und spiegelte sich in der Seitenscheibe.

Hastig öffnete Jennifer den Verschlag und sagte vorwurfsvoll: „Aber Marie Lena, was machst du bloß? Willst du dein schönes Auto abbrennen? Komm schon, Liebes, wach auf, dir ist die Zigarette auf den Teppich gefallen."

Sanft rüttelte sie die scheinbar Schlafende an der schmalen Schulter. Völlig unerwartet kippte das Mädchen aus dem Fahrzeug. Jennifer fing den Körper auf, starrte in ein todbleiches Gesicht, nahm die klaffende Schnittwunde am Hals wahr, aus der unentwegt Blut strömte. Völlig geschockt hielt Jennifer ihre Stieftochter im Arm. Da war Blut, überall klebriges, widerliches Blut. Wie hypnotisiert stierte sie auf die kleine, brennende Kerze auf der Beifahrerseite. Dann wieder in Marie Lenas Antlitz.

Jennifer gefror zu Eis. Sie wollte schreien, aber kein Ton kam aus ihrem Mund. So bemerkte sie auch nicht die Gestalt, die lautlos hinter sie trat und einen dunklen Schatten über sie warf. Eine aufgeregte

Stimme röhrte: „Mein Gott, Miss Rossegger, was haben Sie getan?"

Jennifer hörte zwar die Worte, begriff sie jedoch nicht. Sie war unfähig einen Gedanken zu fassen. Was hatte der Mann gesagt?

„Miss Rossegger, ich muss die Polizei rufen. Sie haben Ihre Tochter erstochen!"

Was redete der Mann für ungereimtes Zeug? Wieso sollte sie Marie Lena erstochen haben?

„Ganz ruhig, Miss Rossegger. Tun Sie nichts Unüberlegtes, geben sie mir das Messer! Ich will Ihnen helfen."

Bestürzt blickte Jennifer auf ihre Hand und ließ die Stichwaffe fallen, als hätte sie glühendes Eisen angefasst. Sie quetschte die Leblose an sich und rief hektisch: „Schnell, schnell, verständigen Sie einen Arzt. Beeilen Sie sich, Mister. Meine Tochter ist verletzt. Sie blutet stark. Und löschen Sie die Kerze aus, bevor sich die Matte in Brand setzt und der Wagen explodiert. Oh mein Gott, Marie Lena sprich mit mir."

Walter Cobin, der Nachtportier des Waldorf-Astorias, drängte sich in den engen Wagen hinein und erstickte die kleine Flamme mit Daumen und Zeigefinger. Dann bückte er sich nach dem Messer. Er benutzte dazu ein Taschentuch und achtete darauf, dass er die Klinge an der Spitze anfasste. Um die Fingerabdrücke nicht zu verwischen. Er hatte das einmal in einem Kriminalfilm gesehen.

Er begutachtete die mögliche Tatwaffe und sagte: „Das Messer gehört zu unserem Tafelbesteck. Sie haben es gestohlen und damit ihre Tochter getötet." Schonungslos verurteilte er die kurz vor der Hysterie stehende Jennifer: „Was sind Sie nur für eine Teufelin. Sie erstechen ihre Stieftochter, um Alleinerbin zu werden und die Millionen ihres Mannes einzukassieren."

Gequält antwortete Jennifer: „Was…was reden Sie nur. Sie sollen einen Arzt rufen. Beeilen Sie sich. Sie sehen doch, dass meine Tochter verblutet. Unternehmen Sie endlich etwas!"

Mitleidlos sagte Walter Cobin: „Ihrer Stieftochter kann kein Arzt mehr helfen. Sie ist tot! Sie haben sie getötet. Ich muss die Polizei informieren."

„Sie sind verrückt!" schrie Jennifer. Wahnsinnig lachte sie auf und sackte ohnmächtig zu Boden und begrub die tote Marie Lena unter sich.

***

New York schwitzte unter der brütenden Augusthitze. Drückende, dampfende Luft, die schwer auf den Menschen lastete und die Atemwege blockierte. Die kleinste Bewegung wurde zur Tortur, trieb den Schweiß aus den Körpern und erstickte jegliche Aktivität.

Im Büro der Privatdetektei **Welden & Born** spendete der quietschende Deckenventilator kaum Kühlung. Es war Montagvormittag und die beiden Detektive beschäftigten sich damit die Zeit totzuschlagen. Nervende Langweile, brutale Schwüle. Keine Aufträge, keine Telefonate, keine Besucher.

Fast apathisch lümmelte Steven Boy Welden mit offenen Hemdkragen und hochgekrempelten Ärmeln in seinen Stuhl und lagerte die Beine auf dem Schreibtisch. Er rauchte eine Zigarette und der Schweiß perlte von seiner Stirn. Vor ihm ein Glas Sodawasser und das Eis darin war schon lange geschmolzen.

„Was für eine gottverdammte Affenhitze“, beklagte sich der knapp 30jährige Privatdetektiv. Er war von schlanker, sehniger Statur und etwa einmeterachtzig groß, hatte dunkelbraune Haare und ein schmales, stoppelbärtiges Gesicht. In dem lediglich die gletscherblaue Augen und die kleine Narbe an der rechten Wange auffielen. „Ich wäre besser zu Hause geblieben. Da funktioniert wenigstens die Klimaanlage.“

Seinem Freund und Partner Jeck Born, der es sich auf dem Besuchersofa gemütlich gemacht hatte, schien die hohe Temperatur wenig zu beeindrucken. Er trug wie immer einen eleganten Sommeranzug und eine Krawatte. Nicht die geringste Transpiration auf der Stirn. Er war drei Jahre älter als Welden und von schlaksiger, fast dürrer Gestalt. Kragenlanges, fahl blondes Haar und buschiger Oberlippenbart, der an den Mundwinkeln etwas traurig herunterhing. Ansonsten glatt rasiert. Die tiefschwarzen Augen und die Falkennase gaben ihm ein leicht verwegenes Aussehen. Er griente: „Ich weiß nicht, worüber du dich beschwerst, Boy. Im Sommer ist es dir zu heiß und im Winter zu kalt.“

„Die Stadt ist tot, selbst die Gangster haben Ruhepause. Kein Mord, kein Bankraub, keine Entführung. Wir brauchen einen Job. Die Kasse ist leer“, lamentierte Welden. Er nippte am brachen Sodawasser. Schwerfällig nahm er dann die Füße vom Tisch und stelzte zum Kühlschrank. Er holte aus dem Gefrierfach einen Eiswürfel und rieb damit die Stirn und den Nacken ein. Die momentane Frische tat ihm gut.

„Ist noch ein Bier da?“ fragte Born.

Argwöhnisch musterte ihn Welden: „Du willst doch nicht schon am

Vormittag ein Bier trinken?“

„Warum nicht? Es gibt nichts Besseres für den Durst als ein kühles Bier.“

Wortlos warf ihm Welden eine Bierbüchse zu.

Geschickt fing Born sie auf, riss den Verschlusshaken hoch und bevor das Gebräu heraus zischte, setzte er die Dose an die Lippen und trank einen mächtigen Schluck. „Aaah“, sagte er zufrieden und wischte mit dem Handrücken den Schaum aus dem Bart. „Das solltest du auch probieren. Ist besser wie das fade Mineralwasser.“

In diesem Moment klingelte das Telefon.

Nach dem dritten Klingeln hob Welden den Hörer ab und sagte: „Privatdetektei Welden und Born, Ermittlungen aller Art. Was können wir für Sie tun?“ Er lauschte kurz und sagte abschließend: „Ich bin in einer Stunde bei Ihnen, Mr. Rossegger. Bis gleich.“

Wissbegierig fragte Born: „Was ist? Gibt’s Arbeit?“

„Kann ich noch nicht sagen. Möglicherweise. Ein Mister Axel Rossegger bittet mich um meinen Besuch. Ich soll mich in einer Stunde mit ihm treffen.“

„Was will er von dir? Und wo erwartet er dich?“

Welden schlüpfte in sein zerknittertes Leinenjackett. „Was er von mir will, hat er nicht gesagt. Wir treffen uns im Restaurant des Waldorf-Astoria Hotels.“

Anerkennend pfiff Born durch die Zähne: „Donnerwetter, das altehrwürdige Waldorf Astoria in der Park Avenue? Eine exklusive Adresse. Du solltest dich rasieren und dir eine Krawatte umbinden. Sonst werden sie dir den Eintritt verweigern.“

„Witzbold", kommentierte Welden und griff nach der Türklinge.

Gänzlich unvorbereitet krachte ihm die Tür entgegen und er stolperte ein paar Schritte zurück. Zwischen Tür und Angel baute sich ein korpulenter Mann auf. Wild schnaubend wie ein Stier, Zornesröte im Gesicht und in den Fäusten eine Pistole haltend. Er sah aus wie der Rächer der Enterbten und richtete die Waffe auf Welden und schrie: „Habe ich dich endlich, du elender Bastard! Jetzt erledige ich dich!" Postwendend fing er zu schießen an.

Instinktiv hatte sich Welden fallen lassen. Über seinen Kopf prasselten die Kugeln hinweg und hinter ihm zerbarst die Fensterscheibe. Tausend Glasscherben regneten auf ihn hernieder.

„Verdammt, was soll die Scheiße?" fluchte er und rollte über den Teppich.

Mit einem gewaltigen Hechtsprung, der jedem Olympiasieger zur Ehre gereicht hätte, brachte sich Jeck Born hinter der Couch in Sicherheit.

Sogleich robbte Welden unter den Schreibtisch und neben ihm fetzten die Geschosse den Teppich auf. Der Verrückte hörte nicht auf zu schießen. Breit wie ein Kleiderschrank füllte er den Eingang aus und feuerte das volle Magazin auf Welden ab.

Spitze Holzspäne sprengten aus der Tischplatte, die Stehlampe platzte, das Telefon zerlegte sich in die Einzelteile.

„Verflucht, Jeck, mach was. Zieh endlich deine Knarre, bevor uns der Irre zur Hölle schickt", bellte Welden. Leicht konfus krabbelte er um das Schreibpult herum.

Sofort giftete Born zurück: „Zum Teufel, Boy, mein Eisen hängt im Halfter am Kleiderhaken. Da komme ich nicht ran. Wo ist denn deine Kanone?"

„Die hängt neben deiner!"

Übereilt wechselte der Eindringling das leer geschossene Magazin und brüllte lauthals: „Zeige dich, du verfluchter Kojote, zeige dich, damit ich dich mit Blei voll pumpen kann!"

„Ich glaube, Boy, der Junge mag dich nicht", meinte Born, tauchte hinter dem Sofa hoch und bombardierte den Schießwütigen mit einem Sitzkissen.

Der duckte sich, um dem Wurfgeschoss auszuweichen, dabei glitt ihm die Pistole aus den Fingern. Er kam nicht mehr dazu sie aufzuheben. Blitzschnell sprangen Welden und Born hinter ihren Deckungen hervor und stürzten sich auf den Mann. Gemeinsam prügelten sie auf ihn ein, bis er besinnungslos einbrach und sich nicht mehr rührte.

Kopfschüttelnd fragte Born: „Wer ist der Clown? Der schneit hier in unser Büro herein und ballert alles kurz und klein. Er hatte es auf dich abgesehen, Boy. Du hattest Glück, dass er nicht gerade ein Scharf-schütze ist. Was ist, kennst du ihn?" Erwartungsvoll blickte er den Freund an.

Doch der zuckte nur die Schultern, hockte sich auf die Ferse und durchsuchte den Bewusstlosen. Außer einem Taschenmesser und ein paar zehn Dollar Scheine fand er nichts bei ihm. Er richtete sich wie-der hoch.

„Ich habe keine Zeit, ich muss weg", sagte er mürrisch. „Keinen blas-sen Schimmer, wer der Kerl ist. Benachrichtige die Polizei, die soll sich um den Tobsüchtigen kümmern. Rufe von deinem Zimmer aus an. Meinen Apparat hat ja dieser Vollidiot totgeschossen. Mann, ich komme zu spät zu meinen Treffen. Hoffentlich geht uns der Auftrag nicht durch die Lappen."

„Jetzt werde nicht nervös. Du schaffst das schon. Du hast noch einen halbe Stunde Zeit", beruhigte ihn Born.

Fünf Minuten später steuerte Welden die silbergraue Chevrolet Corvette durch den Vormittagsverkehr. Er fuhr von seinem Büro in der Pierrepont Street auf die Clinton Street, erreichte schließlich die Brooklyn-Brücke, die Brooklyn mit Manhattan verband. Er bog in die Bowery Street ein und beschleunigte.

Direkt vor dem Waldorf Astoria stoppte er den Wagen. Er war zehn Minuten zu spät.

Ein Hoteldiener in einer Fantasieuniform eilte zu ihm und musterte ihn etwas distinguiert. Welden trug eine ausgewaschene Bluejeans, ein dunkelblaues Hemd, darüber das helle Leinensakko und braune Westernstiefeln. Er lächelte freundlich und warf dem Pagen die Wagenschlüssel zu. „Pass gut auf das Baby auf, Freund. Das ist eine 56 Corvette. Ich mache dich für den kleinsten Kratzer verantwortlich. Okay?"

„Machen Sie sich keine Sorgen", sagte der Angestellte pikiert.

„Ich mache mir keine Sorgen, du solltest dir welche machen." Welden eilte die mit rotem Teppich überzogenen Stufen zum Hoteleingang hinauf.

Im riesigen Foyer herrschte emsiges Treiben. Vornehme Gäste und beflissentliche Bedienstete vermischten sich untereinander. Von man chen Besuchern wurde Weldens saloppe Erscheinung mit Befremden aufgenommen. Das Waldorf Astoria beherbergte nur Leute mit viel Geld und Adel, hier nächtigten nur die Oberen Zehntausend, hier war eine edle Gewandung erstes Gebot. Aber das störte Welden nicht im Geringsten. Auf Äußerlichkeiten legte er keinen Wert. Er drängte sich an das Empfangspult und fragte den snobistischen Portier: "Wo finde ich euer honoriges Restaurant? Mein Name ist Welden und mich erwartet Axel Rossegger."

Der Concierge behielt einen verbindlichen Gesichtsausdruck. „Mr. Welden, einen Augenblick. Ich rufe den Pagen. Er bringt sie zu Mr. Rossegger." Affektiert griff er nach dem vergoldeten Glöckchen und bimmelte.

Kurz darauf folgte Welden einem Hotelboy zum Fahrstuhl. Sie fuhren auf die 22. Etage. Es war Viertel nach elf Uhr und das Restaurant war gut besetzt. Der Laufbursche führte Welden zu einem Tisch am Fenster, an dem ein männlicher Gast saß, der scheinbar gedanklich völlig abwesend durch die Panoramascheibe starrte.

Taktvoll zog sich der Junge zurück.

„Sie haben sich verspätet, Mr. Welden", sagte der Mann am Fenster, ohne den Kopf zu wenden.

„Tut mir Leid, Mr. Rossegger, der Verkehr", entschuldigte sich Welden lapidar.

Demonstrativ langsam drehte sich Axel Rossegger und blickte Welden ausdruckslos an. Er war ein blendend aussehender, graumelierter Mann. Welden schätzte ihn an die sechzig Jahre. Große und stattliche Erscheinung. Markantes, braungebranntes Gesicht, kohlschwarze, stechende Augen, mit einer Spur Überheblichkeit. Teurer, aschgrauer Maßanzug, schneeweißes Hemd und eine weinrote Seidenkrawatte mit goldener Spange, bestückt mit mehreren Diamanten. Am schmalen Handgelenk eine zwanzigtausend Dollar Uhr. Der Mann hatte Noblesse, keine Zweifel.

„Ich hasse Unpünktlichkeit, Mr. Welden und ihr Freizeitlook gefällt mir auch nicht. Das hier ist das Waldorf Astoria. Ich erwarte dass Sie sich dementsprechend kleiden. Eine Krawatte und ein simpler Anzug, sowie eine tägliche Rasur wäre das Mindeste.“

Obwohl Welden dringest einen Job brauchte erwiderte er trocken: „Ich bedauere, wenn Ihnen meine Kleiderordnung und mein Gesicht nicht zusagen, Mr. Axel Rossegger. Ich wusste nicht, dass sie so auf simple Unwichtigkeiten abfahren. Möglicherweise suchen Sie sich einen anderen Detektiv, der innen besser nach der Nase passt. Auf Wiedersehen!“ Abrupt machte er kehrt.

„Bleiben Sie hier, Mr. Welden“, holte ihn Rosseggers elitäre Stimme ein. „Kommen Sie sofort zurück und setzten Sie sich.“

Ungerührt ging Welden zu den Fahrstühlen.

Dort trat ihm ein schwergewichtiger Mann im schwarzen Anzug und verspiegelter Sonnenbrille entgegen. Die rechte Hand steckte in der Innentasche der Jacke.

„Geh mir aus dem Weg, mein Junge“, sagte Welden.

„Verursachen Sie kein Aufsehen, Mr. Welden“, knurrte der Bodyguard. „Mr. Rossegger wünscht, dass Sie zurückzukommen. Also tun Sie es. Wir wollen keinen Eklat. Hören Sie sich an, was er zu sagen hat. Dann können Sie gehen.“

„Was dein Boss wünscht, interessiert mich nicht und was er zu sagen hat ebenso wenig. Er mag zwar Geld wie Heu haben, aber das imponiert mir nicht. Wenn er sich beruhigt hat, soll er mich anrufen." Aus den Augenwinkeln beobachtete Welden, wie Axel Rossegger hinter dem Tisch aufstand und sich näherte.

Einige Gäste waren auf das kleine Intermezzo bereits aufmerksam geworden und schauten interessiert herüber. Ruhig sagte Axel Rossegger: „Das ist schon in Ordnung, Bill. Wenn Mr. Welden gehen will, dann kann er gehen. Es sei denn, er nimmt meine Entschuldigung an und leistet mir Gesellschaft bei einem Glas Wein."

Einen Atemzug lang zögerte Welden.

„Ich brauche Ihre Hilfe, Mr. Welden", fügte Rossegger hinzu.

Und Welden einen Job. Also nickte er und ging mit dem Millionär zurück an den Platz.

Der Oberkellner fragte nach ihren Wünschen. Rossegger bestellte französischen, halbtrockenen Weißwein und zwei Gläser.

„Bringen Sie mir eine eiskalte Flasche Pils", sagte Welden. „Ich mag keinen Wein."

Fragend sah der Ober auf Rossegger, dem man den erneuten Ärger anmerkte. Aber er hielt sich im Zaum und sagte: „Demnach eine Flasche Pils und ein Glas Weißwein. Danke!"

Welden lehnte sich im Stuhl zurück und steckte sich eine Zigarette an.

„Kommen wir gleich zur Sache, Mr. Rossegger. Was kann ich für Sie tun?" Gleichzeitig maßregelte er sich selbst: ‚Sei etwas freundlicher zu deinem Klientel, denk daran du benötigst ein Engagement. Und der Mann stinkt nach Geld.'

Axel Rossegger knetete seine Handflächen. Er war sichtlich bemüht seinen Unwillen zu unterdrücken. Rau sagte er: „Damit wir uns gleich richtig verstehen, Mr. Welden. Eigentlich war es die Idee meiner Frau Jennifer Sie zu engagieren. Keine Ahnung warum. Ich versprach Jennifer, ich werde die besten Rechtsanwälte einschalten und sie wird in ein paar Tagen wieder auf freien Fuß sein. Doch sie wollte unbedingt Sie. Sie kennen doch meine Frau, Mr. Welden?"

Der Oberkellner brachte die Getränke und entfernte sich dann diskret.

„Wieso sollte ich ihre Frau kennen?" fragte Welden verwundert. „Wie heißt Ihre Frau? Jennifer? Tut mir leid, ich erinnere mich nicht."

Befremdlich sagte Rossegger: „Das glaube ich ihnen nicht, Mr. Welden. So wie meine Frau von Ihnen sprach, waren Sie einmal gute Freunde. Aber das ist Vergangenheit, es macht mir nichts aus. Jennifer ist seit zwei Jahren meine Frau und wir führen eine glückliche Ehe."

„Na, da gratuliere ich Ihnen herzlich. Eine glückliche Ehe ist selten. Doch auch wenn ich mich wiederhole, ich kenne keine Jennifer Rossegger. Trotzdem, wie kann ich helfen?"

„Meine Frau Jennifer wurde vor vier Tagen verhaftet ..."

Gelassen nippte Welden am kalten Bier: „Was ist passiert?"

„Das ist schnell erzählt. Vor wenigen Tagen arrangierte ich eine spontane Geburtstagsfeier für meine Tochter in diesem Restaurant. Nur die engsten Vertrauten waren geladen. Alles ganz zwanglos. Etwa gegen 24 Uhr verabschiedete sich meine Frau wegen quälender Kopfschmerzen. Über das was dann geschah, gibt es zwei Versionen. Eine von meiner Frau und die andere von dem Nachtportier."

„Fangen wir mit ihrer Frau an", sagte Welden und zerdrückte die Zigarette im Ascher.

„Jennifer verließ das Restaurant, in der Anfahrtszone parkte er neue Wagen, den ich Marie Lena zum Geburtstag und zur bestandenen Führerscheinprüfung schenkte…"

„Wer ist Marie Lena?"

„Habe ich das nicht gesagt? Marie Lena war meine Tochter aus erster Ehe".

„Ihre Frau ging also zu dem neuen Auto …"

„Richtig, sie fand davor ein Messer und ohne groß nachzudenken griff sie es auf. Danach öffnete sie die Wagentür, weil sie glaubte Marie Lena wäre über dem Lenkrad eingeschlafen. Aber da fiel ihr Marie Lena tot entgegen. Erstochen."

„Ach, du Scheiße", entfuhr es Welden spontan.

Brüsk erwiderte Rossegger: „Verschonen Sie mich mit Ihrer Vulgärsprache. - Also weiter. Nun folgte das Makabre. Im Fußraum brannte eine rote Kerze. Der in diesem Moment hinzukommende Nachtportier, er heißt Walter Cobin, schilderte die Sachlage etwas anders. Seiner Aussage nach rennt er meiner Frau hinterher um sich zu erkundigen, ob er ihr ein Taxi rufen soll. Dabei will er im Zwielicht der Hotelaußenbeleuchtung erkannt haben, wie Jennifer die Stichwaffe gegen die Stieftochter erhebt. Er hört zwar keinen Schrei, aber Marie Lena rutscht plötzlich aus dem Wagen. Und Jennifer fängt sie auf, lässt aber die Klinge nicht los. Die polizeilichen Ermittlungen ergeben, dass die Fingerabdrücke an der Tatwaffe einwandfrei Jennifer zugeordnet werden. Das Messer gehörte zu dem Tafelbesteck, welches zu unserer Feier gereicht wurde. Der Staatsanwalt hat einen Haftbefehl gegen Jennifer ausgeschrieben."

„Sieht aus, als hätte Ihre Frau Probleme. Was ist mit der ominösen Kerze? Fand man da auch Fingerabdrücke ihrer Frau?"

Erstaunt sagte Rossegger: „Keine Ahnung. Die Polizei erwähnte jedenfalls nichts davon."

„Im welchem Zeitabstand folgte der Nachtportier ihrer Gattin? Eine Minute, zwei Minuten? Blieb ihr so viel Zeit, dass sie die Stieftochter erstechen und danach eine Kerze anzünden konnte?"

„Woher soll ich das wissen. Ich habe keine Einsicht in die Polizeiakte."

„Irgendetwas stimmt nicht. Dieser Walter Cobin behauptet, er hat gesehen, wie ihre Frau auf ihre Tochter einsticht und wie die dann aus dem Wagen fällt. Die Kerze brennt aber bereits. Das würde bedeuten, ihre Gattin zündet zuerst die Kerze an und sticht dann zu. Das erscheint mir etwas unlogisch. Hätte sie überhaupt ein Motiv? Wie war die Beziehung zwischen den beiden Frauen?"

„Ganz normal. Jennifer und Marie Lena verstanden sich ausgezeichnet. Sie waren wie Freundinnen. Es ist absurd zu denken, Jennifer hätte etwas mit dem Mord zu tun."

„Das behaupte ich auch nicht. Aber die Frage stellt sich doch von selber. Die Geschichte, die Waffe lag mir nichts dir nichts auf dem Trottoir herum, wird ihr kein Geschworener auf der Welt glauben. Das klingt einfach zu hanebüchen."

„Aber es ist die Wahrheit. Das ist ein infames Komplott gegen meine Frau. Der Mörder entwendete das Messer von Jennifers Gedeck, tötete

Marie Lena und hinterlegte das Mordwerkzeug am Tatort, damit die Cops es finden."

„Demnach kann einer der Gäste oder jemand der Bediensteten das Tafelmesser gestohlen haben. Den Meuchelmörder zu enttarnen wird schwierig. Wer glauben Sie, hat Interesse ihrer Frau einen Mord unterzuschieben?"

„Jedenfalls keiner meiner Gäste! Sie sind der schlaue Ermittler. Finden Sie das heraus!"

„Okay, aber zuerst erklären Sie mir, wieso ihre Frau, die mir nicht bekannt ist, mich auswählt um ihr zu helfen? Es gibt in New York prominentere Detektive wie ich."

„Da pflichte ich Ihnen bei. Aber Jennifer pochte beharrlich darauf, ich soll Sie beauftragen. Sie werden den wirklichen Schuldigen ausfindig machen und Jennifers Unschuld beweisen."

„Aber wieso gerade ich? Ich versichere Ihnen nochmals, ich kenne Ihre Frau gar nicht!"

„Zum Teufel mit Ihnen! Gibt es in New York noch einen zweiten Detektiv mit Namen Steven Boy Welden? Strengen Sie Ihr bisschen Gehirn an und erinnern Sie sich."

Vor Ärger lief Rosseggers Gesicht dunkelrot an. Er zog eine braune Lederbrieftasche heraus, klappte sie auf und klatschte eine Fotografie auf den Tisch.

Perplex stellte Welden das erhobene Bierglas ab und betrachtete das Bild genauer. „Das...ist ihre Frau? Das soll Jennifer sein? Das ist unmöglich."

„Fällt jetzt der Groschen?"

„Na und ob! Mann, ich fasse es kaum, das ist Sexy Hexy Jennie Douglas. Warum zeigten Sie mir das Foto nicht gleich, dann hätte ich sofort geschaltet. Natürlich kenne ich Jennie. Sie war das tollste Mädchen auf der High School und wir Jungs nannten sie nur Sexy Hexy. Wir alle waren rettungslos in sie verknallt. Sie war unglaublich attraktiv. Blond, lange Beine und enge Jeans. Was für ein fantastischer Wirbelwind. Keine Sekunde mit ihr war langweilig. Als ich von der Schule flog, verloren wir uns leider aus den Augen. Ich habe mich oft gefragt, was aus ihr geworden ist.“

Welden warf einen Blick auf den ruhig dasitzenden Grauhaarigen: „Sie haben Sexy Hexy also geheiratet? Ich kann Sie nur neidvoll beglückwünschen. Aber ist sie nicht ein wenig zu jung für Sie? Mich geht's ja nichts an. Doch sind Sie nicht mindestens doppelt so alt wie Jennie?“

„Das geht sie wirklich nichts an. Und reden sie über meine Frau nicht so, als wäre sie ein Flittchen. Sie heißt Jennifer und nicht Sexy Hexy. Hatten Sie ein intimes Verhältnis mit meiner Frau?“

Die provokante Frage überhörte Welden einfach und reichte das Bild zurück: „Mr. Rossegger, das ist bald zehn Jahre her. Seit dem habe ich Jennie nicht mehr gesehen. Für mich war sie eigentlich nur die wilde Sexy Hexy. Ich war keine zwanzig, sie war achtzehn, und wir waren vernarrt ineinander. Wir hatten eine wunderbare Zeit.“

„Ich mag Sie nicht besonders, Mr. Welden. Aber ich muss Jennifers Vergangenheit tolerieren. Sie hat mir von ihrer Beziehung mit Ihnen erzählt. Damit sehen Sie, zwischen Jennifer und mir gibt es keine Geheimnisse voreinander. Ich bin über dreißig Jahre älter als Jennifer und ich lese ihr jeden Wunsch von den Augen ab. Sie ist alles für mich und ich werde auch alles tun, damit sie von dem furchtbaren Mordverdacht freigesprochen wird. Ich bin nicht überzeugt, dass Sie der richtige Mann sind, aber ich akzeptiere Jennifers Wunsch. Machen Sie sich also auf die Socken und bringen Sie den tatsächlichen Mörder zur Strecke. Ich werde Ihre Arbeit großzügig honorieren."

Der befehlende Ton in Rosseggers Stimme missfiel Welden. Es kostete ihm einige Mühe seine Aversion nicht offen zu zeigen. Gezwungen ruhig sagte er: „Bevor ich den Auftrag annehme, muss ich mit Jennie sprechen. Ich will aus ihrem Mund hören, dass sie unschuldig ist."

„Sie werden nicht mit Jennifer reden. Sie kann Ihnen nicht mehr sagen wie ich. Sie werden nicht einmal in ihre Nähe kommen. Und außerdem wünsche ich, dass Sie in meiner Gegenwart von Miss Rossegger sprechen."

„He Mann, aus Ihnen spricht die pure Eifersucht. Dafür gibt es keinen Grund. Wie bereits erwähnt, habe ich von Jennie seit zehn Jahren nichts mehr gehört. Unsere Wege haben sich getrennt. Das ist verdammt lang her. Wir waren fast noch Kinder. Wie gesagt, wir hatten eine schöne Zeit. Aber es ist längst vorbei. Doch nun meldet sie sich nach all den Jahren. Sie braucht meine Hilfe. Und ich werde da sein. Mit oder ohne ihr Einverständnis. Sie können mich unterstützen oder auch nicht. Im Übrigen müssen Sie mich für die Arbeit nicht vergüten. Das bin ich Jennifer schuldig."

Der grauhaarige Millionär antwortete nicht. Er spielte mit dem Weinglas.

Bedächtig erhob sich Welden, legte einen Geldschein auf den Tisch und sagte: „Ich bezahle mein Bier selbst. Lassen Sie sich in ihren Überlegungen nicht stören, Mr. Rossegger. Sie haben ja meine Telefonnummer. Goodbye!"

Schweigend sah ihm Rossegger hinterher. Sein glatt rasiertes Gesicht wirkte wie aus Stein geschlagen.

Gelassen ging Welden zum Fahrstuhl.

Obwohl die Betriebsamkeit in der bombastischen Hotelhalle stark zugenommen hatte, war von Hektik und Reizbarkeit nichts zu merken. Das geschulte Personal schien alles im Griff zu haben. Die meisten Gäste waren dezent und vornehm zurückhaltend. Im geordneten Durcheinander entdeckte Welden den jungen Pagen, der ihn zu Rossegger geleitet hatte. Er winkte ihn zu sich heran. Unauffällig steckte er ihm einen Geldschein zu. „Sag mal, Kleiner, kennst du Walter Cobin, euren Nachtportier?"

Zuerst vergewisserte sich der Junge mit einem Rundblick, ob ihn der Empfangschef nicht beobachtete, dann schob er schnell das Bargeld in die Hosentasche. Er flüsterte: „Ich kenne Cobin nicht besonders gut. Er ist noch nicht lange bei uns beschäftigt. Außerdem übernimmt er nur die Nachtschicht. Wir sehen uns kaum. Ich weiß nur, dass er Zeuge war, wie Miss Rossegger ihre Stieftochter erstach."

„Wo wohnt er?"

„Das weiß ich auch nicht, Sir."

„Und wann tritt er wieder seinen Dienst an?"

„Ich kenne den Nachtschichtplan nicht. Da müssen Sie den Chef fragen."

„Du bist mir nicht gerade eine große Hilfe, meine Junge", seufzte

Welden und zündete sich eine Zigarette an.

„Tut mir leid, Sir, wollen Sie ihr Geld zurück?"

„Schon gut, Kleiner, gehe wieder an deine Arbeit."

Nachdenklich verließ Welden das Hotel. Vor dem Eingang stand der blasierte Angestellte, dem er den Wagen in Obhut gegeben hatte. Der erkannte ihn und rannte beflissentlich davon. Eine Minute später brauste er mit dem Fahrzeug heran. „Ich habe auf Ihr Baby aufgepasst, als gehörte es dem Präsidenten."

Stumm zertrat Welden den Zigarettenstummel, vergaß dem Fahrer Trinkgeld zu geben und stieg ein. Er fädelte die Corvette in den fließenden Verkehr ein. Während er die Geschwindigkeit automatisch dem Verkehrsstrom anpasste, erinnerte er sich an Jennie Douglas, die heute Jennifer Rossegger hieß und die Frau eines Millionärs war. Sexy Hexy hatte es also geschafft. Sie gehörte zum Klub der Reichen und Schönen. Das war schon damals ihr Ziel. Sie wollte keine kleinbürgerliche Hausfrau werden. Sie wollte hoch hinaus. Daran zerbrach auch ihre halbjährige Bindung. Sie liebte ihn zwar, aber er konnte ihr nicht bieten, was sie sich wünschte. Nämlich Reichtum und Ansehen. Jennie, hinreißend kapriziös, strahlend schön, zärtlich und romantisch. Doch dann wieder wild und unbeherrscht. Sie zu lieben war ganz schön anstrengend. Sie war immer voller Überraschungen. Die Zeit mit ihr möchte er nicht missen. Ganz kurz loderte Wehmut in ihm. Aber das ging schnell vorüber.

Als er sich endlich wieder auf den Verkehr konzentrierte, stellte er fest, dass er unbewusst vor das Gebäude des Polizeireviers in der First Avenue gefahren war. Er parkte die Corvette auf einem freien Platz und suchte die Station auf.

Es war Mittagszeit und kaum Betrieb. Die Bullenhitze verdrängte jeden Tätigkeitsdrang. Im Vorraum hockte ein einziger, missgelaunter, schwitzender Bereitschaftspolizist. Er bemühte sich nicht, den Groll über die gestörte Mittagsruhe zu verbergen. „Was ist so wichtig, dass Sie mir diese friedliche Stunde versauen, Mister?“

„Guten Tag, Officer, ich bin mir nicht sicher, ob ich bei Ihnen richtig bin.“

„Das weiß ich auch nicht“, erwiderte dieser desinteressiert. Aus einer Thermosflasche goss er sich Kaffee ein.

„Na schön, vor wenigen Tagen wurde eine gewisse Jennifer Rossegger verhaftet und ins Untersuchungsgefängnis gebracht. Fällt das in Ihren Zuständigkeitsbereich?“

Der Polizist blieb phlegmatisch: „Wer will das wissen?“

„Ich bin Privatdetektiv, Steven B. Welden...“

„Schön für Sie. Und was wollen Sie von Miss Rossegger?“

„Ich bin ein guter Freund von ihr und wollte sie aufsuchen, wenn das möglich ist.“

„Tja, Mister ... äh, Welden, Sie sind zwar im richtigen Revier, aber Sie haben Pech.“

„Wieso? Was ist vorgefallen? Mann, lassen Sie sich doch nicht jedes Wort einzeln aus der Nase ziehen!“

Gleichgültig sagte der Beamte: „Sie können Miss Rossegger nicht sprechen, weil Sie aus der Haft entlassen wurde. Ihr Mann bezahlte die geforderte Kaution von einer viertel Million Dollar.“

„Wann wurde sie auf freien Fuß gesetzt?“ fragte Welden.

„Sie haben Miss Rossegger knapp verfehlt. Vor fünfzehn Minuten holte Sie Ihr Anwalt ab.“

Freundlich verabschiedete sich Welden. Auf der Straße brannte er sich eine Zigarette an. Was sollte er tun? Offiziell hatte er keinen Auftrag. Jennie war wieder frei. Aber die Mordanklage gegen sie war nicht außer Kraft gesetzt. Vielleicht brauchte Jennie seine Hilfe nötiger denn je. Unschlüssig marschierte er den Bürgersteig auf und ab. Schließlich schnippte er die Zigarette fort und suchte eine Telefonzelle auf. Er rief Jeck Born im Büro an. Der meldete sich ziemlich schnell: „He, Boy! Wo treibst du dich herum?“

Kurz und bündig unterrichtete Welden den Freund.

„Und nun? Was hast du vor?“ fragte Born.

„Wenn ich das wüsste. Ich habe keine Ahnung.“

„Na fabelhaft. Du solltest dir, aber was einfallen lassen. Ruf Jennifer doch einfach an.“

„Rossegger will nicht, dass ich mit ihr in Verbindung trete.“

„Na und? Seit wann scherst du dich um Verbote?“

„Vielleicht hast du Recht, Jeck. Wenn du nichts zu tun hast, kannst du dich ja um die Biografie Axel Rosseggers kümmern. Möglicherweise gibt's was Aufschlussreiches. - Was hast du über unseren ungebetenen Besucher erfahren? Wer war der Knabe?“

„Da fische ich noch im Trüben. Die Cops haben ihn mitgenommen. Seine Identität ist noch nicht gelüftet. Sie müssen ihn erst durch den Computer jagen. Sergeant Wyler will mich informieren, sobald er Näheres weiß.“

„Okay Jeck, ich versuche jetzt Jennie zu erreichen. Du hörst von mir.“

Welden hängte ein. Er schlug das Telefonbuch auf und blätterte nach Axel Rossegger durch. Er hatte Glück. Rossegger war eingetragen. Er wählte die Nummer. Doch niemand hob ab. Er prägte sich die Adresse ein. Rossegger wohnte in einer standesgemäßen Gegend. Greenwich Village, Washington Street.

***

Der St. Johns Friedhof am Woodhaven Boulevard im Osten Queens war im wahrsten Sinn wie ausgestorben. Wie Spinnweben hing die flimmernde Nachmittagsschwüle zwischen den ausgetrockneten Gräbern. Die Blumen verwelkten und das spärliche Gras verdorrte. Ein einsamer Spaziergänger schlich durch den Totenacker. Trotz der Gluthitze trug er einen schwarzen Wollmantel, dessen Saum fast bis zu den klobigen Stiefeln reichte. Der breitkrempige Hut verdeckte das Antlitz. Tief waren die Hände in den Manteltaschen versenkt. Hin und wieder blieb der Mann an einem Grab stehen, gedankenverloren, andächtig. Kein Lufthauch kühlte das Gesicht. Insekten schwirrten in Scharen um die untersetzte Gestalt. Schwerfällig trabte der Besucher weiter. Staub wirbelte unter den Schuhsohlen auf. Er ging über den kiesigen Mittelweg auf das Leichenschauhaus zu. An der Pforte läutete er. Niemand öffnete. Er drückte die verrostete Klinke herunter und betrat das flache Gebäude.

„He, Roger! Wo hast du dich versteckt?" rief der Eindringling in den langen weißen Korridor hinein. „Ich tue dir nichts. Keine Angst, ich will mich nur mit dir unterhalten." Die laute Stimme verfiel in ein

23

leises Kichern. „Hihi, ich will mich nur mit dir unterhalten." Er stupste die angelehnte Tür zu seiner Linken auf. Das kleine Zimmer war spärlich eingerichtet. Couch, Tisch, Stühle, Schrank.

Am Tisch saß ein Mann und kehrte ihm den Rücken zu. Langsam trat der ungeladene Gast auf ihn zu und schlug ihm die Hand auf das Schulterblatt. Er spürte, wie der Mann zusammenschrumpfte. „Hallo, Roger, was ist mit dir? Warum machst du mir die Tür nicht auf? Ich bin doch dein Freund oder nicht?"

Ängstlich schwieg der Angesprochene.

„Zumindest glaubte ich das bis heute. Ich nahm an, wir gehen gemeinsam durch dick und dünn. Wir halten zusammen wie Pech und Schwefel. Niemals würde einer den anderen hintergehen. Habe ich recht, Roger?"

Der schmächtige Mann, dessen Kopfhaar sehr schütter war, wurde im Stuhl noch kleiner.

„Was ist? Hat es dir die Sprache verschlagen. Ich will aus deinem Mund hören, dass wir Freunde sind."

„Wir sind Freunde..., natürlich", stammelte Roger Smith, der Friedhofswärter.

„Gut, dann musst du mir aber etwas erklären, was ich nicht verstehe, okay ...?".

Smith fühlte, wie sich ein Unwetter über ihn zusammenbraute. Und er würde sich nicht davor schützen können. „Ich weiß nicht, was du meinst, Carl."

Kameradschaftlich umarmte ihn der Unheimliche von hinten. Eine bärtige Wange berührte die seine. Ekliger Atem streifte ihn. Aber er hütete sich davor, sich abzuwenden. „Wenn du ein so guter Freund von mir bist, Roger, wahrscheinlich sogar mein bester, dann kapiere ich nicht, wieso verschickst du an einen Privatschnüffler namens Steven B. Welden eine Nachricht?"

„Ich...ich... kann das erklären, Carl!" Das Blut gefror in seinem Adern.

„Ich habe dich heute Morgen beobachtet, wie du zum Briefkasten gelaufen bist und ein Kuvert hinein warfst. Ich war neugierig und fischte das Schreiben wieder heraus. Kannst du dir vorstellen, wie sehr ich enttäuscht von deiner Handlungsweise war? Du bezichtigst mich in dem Brief als Mörder von Marie Lena. Du hast mich verraten, schmählich verraten und verkauft. Das tut weh, Roger, und ich kann dir das nicht so leicht verzeihen. Warum hast du das getan?"

Furchtsam schluckte Smith. Gesenkten Blickes sagte er leise: „Du hättest Marie Lena nicht töten dürfen, Carl. Das war nicht recht. Sie war doch erst achtzehn Jahre. Sie war unschuldig. Sie kann nichts für die Sünden ihres Vaters. Es war nicht recht sie zu töten."

„Für meine Rache werde ich alle töten, die Axel nahe stehen. Auch seine Tochter. Und du hast das gewusst, Roger. Spiele jetzt nicht den Entrüsteten. Du hast von Anfang mitgemacht. Du kannst nicht aussteigen."

„Ich hätte dich nie verraten. Ich stand immer an deiner Seite. Aber Marie Lena töten, das war unrecht."

„Schon gut, Roger, beruhige dich. Erkläre mir, wieso du Steven B. Welden für deinen Verrat ausgesucht hast?"

„Du sagtest mir doch einmal, du hast erfahren, dass sich Jennifer und dieser Detektiv früher einmal kannten."

„Und das hast du dir gemerkt? Ich habe dich wohl unterschätzt. Du bist gar nicht so blöde, wie du tust. Jetzt sage mir noch eins, war das der einzige Brief, den du an den Schnüffler geschrieben hast?"

Schwerfällig nickte Smith: „Ja, Carl, entschuldige. Ich mache so was nie wieder."

„Schwamm drüber, wir wollen nicht mehr darüber reden. Vergessen wir deinen Lapsus. Schließlich sind wir Freunde. Verspreche mir, nie wieder gegen mich zu intrigieren und ich werde dir noch eine Chance geben."

Eine Zentnerlast fiel Roger Smith vom Herzen. Er war nochmal davongekommen. „Ich weiß nicht, was in mich gefahren ist. Ich werde das nie wieder tun. Das verspreche ich dir."

Der Besucher in seinem Nacken kicherte höhnisch: „Das freut mich. Und ich werde dafür sorgen, dass du dein Versprechen bis zum Tod einhältst." Er zückte ein Schnappmesser und ließ die Klinge aufspringen. „Alle müssen sterben, die sich gegen mich auflehnen. Leb wohl, mein Freund!"

Barbarisch rammte Carl dem wehrlosen Smith die stählerne Klinge bis zum Heft seitlich in den Hals. Eine gewaltige Blutfontäne spritzte aus der tödlichen Wunde. Vergeblich versuchte Smith den Blutschwall mit den Händen zu stoppen. Er hechelte und wand sich im Todeskampf. Die Augen traten hervor, der Mund weit aufgesperrt, nach Luft schreiend.

Seelenruhig betrachtete der Killer wie Roger Smith verblutete. Es vergingen endlose Minuten bis er starb.

Als es vorbei war, zog Carl das Messer aus dem Hals des Toten und wischte die blutverschmierte Klinge an dessen Ärmel ab. Er steckte die Waffe weg, kramte aus den Manteltaschen eine kleine rote Kerze. Mit einem Streichholz zündete er sie an. Er ließ ein wenig Wachs auf die Tischplatte tropfen und stellte die Kerze darauf. Dann entfernte er sich vom Tatort.

***

Vor der schneeweißen Villa, in der Washington Street 17, bremste Steven B. Welden die Corvette ab. Axel Rosseggers Haus war von einer dichten, zweimeterhohen Hecke abgeschirmt. Das schmiedeeiserne Gartentor war verschlossen. Kein Straßenlärm, kein Hundegebell und keine schreiende Kinder. Weit und breit kein Mensch zu sehen. Ein friedliches Stadtviertel um halb drei Uhr Nachmittag. Umständlich kletterte Welden aus dem Wagen. Er zündete sich eine Zigarette an und schritt zum Tor. Durch die engen Gitterstäbe spähte er in den Vorgarten. Ein breiter Marmorweg führte zum Haus, umgeben von einem grünen Rasen. Alles sehr gepflegt, sauber und eine Spur bürgerlich. Der Flachbau wirkte gar nicht protzig, eher bescheiden, untypisch für einen Millionär. Lediglich das Namensschild über dem Klingelknopf war aus purem Gold.

Welden drückte auf den Knopf. Er hörte, wie im Hausinnern die Glocke anschlug. Er rauchte und dachte an Jennifer. Als eine dünne Frauenstimme aus dem Türlautsprecher ertönte, erschrak er beinahe. Sie sagte: „Verschwinden Sie! Wir geben keine Almosen. Machen Sie das Sie wegkommen!"

27

„Mein Name ist Welden. Ich bin ein Freund von Jennie, ich meine von Jennifer Rossegger. Sagen Sie ihr bitte, ich will sie sprechen."

„Mr. Welden. Von den Herrschaften ist niemand zu Hause. Sie sind alle auf der Beerdigung von Miss Marie Lena."

„Wo ist die Beerdigung?" fragte Welden schnell.

„Im St. Johns Friedhof", kam die kurze Antwort und ein Knacken folgte. Die Sprechanlage war abgeschaltet.

„Der richtige Tag, um hinter einen Sarg herzulaufen", brummelte Welden. Er warf die Zigarette weg und setzte sich hinter das Lenkrad. Er fuhr nach Queens.

Als er in den Woodhaven Boulevard einbog, sichtete er vor dem Friedhofseingang eine Armada von Polizeiwagen mit eingeschalteten Blaulichtern. Aufgeregte Polizisten riegelten die Straße ab. Er stellte die Corvette mit den Vorderrädern auf dem Gehsteig ab und drängte sich durch eine gaffende Zuschauermenge. Zwei uniformierte Beamte trugen eine Bahre mit zugedecktem Inhalt zum Sanitätswagen.

Ein wichtigtuender Sergeant beaufsichtigte lautstark den Abtransport. Gestikulierend trieb er die neugierigen Passanten zurück. Freundlich fragte ihn Welden, während er ihm die Zigarettenschachtel hinhielt: „Scheiß Job, was? Diese mörderische Hitze und dann diese schaulustigen Narren. Was ist passiert, Chief?"

Dankbar nahm der schwitzende Cop eine Zigarette und Welden zündete sie ihm an. Dann rauchte er auch eine mit.

„Irgendein Verrückter hat den Friedhofswärter gekillt. Mann, diese Hitze macht uns alle kirre."

„Das ist ein Scherz. Wer killt an einen solchen Tag einen harmlosen

Friedhofswärter?"

„Was weiß ich. Die Oberbosse sind schon da und versuchen den Fall zu knacken. Aber sie werden sich schwer tun. Diese Schreibtischbullen haben doch keinen blassen Dunst."

„Da gebe ich Ihnen recht, Chief, Sie sind ein Mann der Straße, ein Mann der Praxis", schmeichelte ihm Welden. „Sie wissen doch mehr wie die Theoretiker von der Fachakademie. Lassen Sie sich von den Neunmalklugen nur nicht unterbuttern."

„Diese Bürokraten behandeln mich wie den letzten Arsch. Dabei habe ich den Toten auf meinen Rundgang gefunden." Der Cop redete sich in Rage. „Ich bin dreißig Jahre Polizist. Kenne jeden Abschaum dieser Stadt. Ich muss mich nicht so abkanzeln lassen."

„Da stimme ich Ihnen zu. Sie entdeckten also den Mord?"

„Ja, ein schnörkelloser Schnitt um die Kehle. Der arme Kerl, es hat wohl ein bisschen gedauert, bis er definitiv das Zeitliche segnete. Seltsam war nur die brennende Kerze neben dem Toten. Sie muss vom Mörder angezündet worden sein. Ich tippe, er war mit den Bestattungsmethoden nicht zufrieden. Wir müssen den Verbrecher unter den Angehörigen der letzten Einäscherungen suchen. Als ich meinen Verdacht dem Lieutnant nannte, tat der das als Spinnerei ab."

Jetzt horchte Welden auf. Eine brennende Kerze neben dem Toten? Hatte Rossegger nicht Ähnliches erwähnt? Fand man bei Marie Lena nicht auch eine Kerze? Zufall?

„Sie sollten bei ihrer Meinung bleiben, Chief. Ihr Hinweis ist nicht ganz von der Hand zu weisen. Jetzt muss ich aber wieder weiter zu einem Begräbnis. Ich bin sowieso zu spät dran."

„Doch nicht zu der Rossegger Beerdigung? Sind Sie ein Verwandter?“

„Nicht direkt“, sagte Welden. „Ich bin ein guter Freund. Was ist, darf ich auf den Friedhof?“

„Meinetwegen. Hauen Sie ab! Und danke für die Zigarette, Mister!“ Er brüllte zu seinen Männern, die den Eingang absperrten. „He, Jungs! Der Mann darf passieren. Er gehört zu den Trauernden der kleinen Rossegger.“

Ungehindert gelangte Welden in den Friedhof. Auf dem Mittelweg kamen ihm zwei hagere, dunkel gekleidete Männer entgegen, die lebhaft miteinander diskutierten. Einen der Männer kannte Welden. Es war Lieutnant Sam Brooker von der New Yorker Mordkommission, 14. Distrikt. Offensichtlich war er so in die Unterhaltung vertieft, dass er Welden gar nicht registrierte. Grußlos gingen sie aneinander vorbei. Hinter der Aussegnungshalle entdeckte Welden die Trauergäste. Er war natürlich zu spät. Der Sarg war bereits in die Grube gesenkt. Die Anwesenden hatten Blumensträuße und Kränze hinab geworfen und bekundeten den Hinterbliebenen ihre echte Anteilnahme.

In gebührlicher Entfernung beobachtete Welden den Vorgang. Die Trauergemeinde war nicht allzu groß. Vielleicht vierzig Leute. Darunter nur zwei, die er kannte. Axel Rossegger und an seiner Seite Jennifer. Bei ihrem Anblick verspürte Welden einen dünnen Stich im Herzen. Er hatte sie zehn Jahre nicht mehr gesehen und erkannte sie kaum wieder. Zwar war Jennifer genau so schlank und langbeinig wie einst. Doch ihr schönes Gesicht war verändert. Darin zeigte sich keinerlei Lebensfreude mehr. Das fröhliche Lachen, der Glanz ihrer blauen

Augen waren erloschen. Das Antlitz bleich, ungeschminkt und fast starr. Jennifer trug ein schlichtes schwarzes Kleid. Das blonde Haar streng nach hinten gekämmt, im Nacken zu einem langen Zopf geflochten. Es leuchtete wie pures Gold in der Sonne

Wie Jennifer so dastand, zart und zerbrechlich, umgeben von einer Aura unendlicher Traurigkeit, da wäre Welden am liebsten auf sie zugelaufen und hätte sie in den Arm genommen und getröstet. In dieser Sekunde hob Jennifer den Kopf und ihre Augen richteten sich direkt auf ihn. Welden stand zwanzig Meter vom Grab entfernt und hatte das Gefühl, sie sehe durch ihn hindurch, als wäre er aus Glas. Impulsiv winkte er ihr zu, aber sie drehte sich bereits beiseite.

Nach wenigen Minuten wanderten die ersten Besucher ab. Der Totengräber begann das Erdreich über den Schrein zu schaufeln. Bestimmend führte Rossegger seine Frau am Arm vom Grab weg. Schweigend marschierten sie an Welden vorbei, der den Unbeteiligten mimte. Während Rossegger flüchtig seine Anwesenheit erfasste und verächtlich die Augenbraue hob, schien Welden für Jennifer ein Fremder zu sein. Kein Blick, keine Geste deutete darauf hin, dass sie ihn erkannte.

Enttäuscht blieb Welden in angemessener Distanz hinter ihr.

Plötzlich bemerkte er wie Jennifer heimlich irgendwas auf die Erde fallen ließ. Nachdem die Trauernden weiter gegangen waren, lief Welden zu der Stelle und bückte sich nach dem weggeworfenen Papierknäuel und steckte ihn ein. Vor dem Friedhof rückte die Polizei gerade ab, während Rossegger und Jennifer im weißen Cadillac Eldorado wegfuhren.

Unruhig wegen Jennifers Notiz schritt Welden zu seinem Wagen. Hinter dem Scheibenwischerarm klemmte ein Strafmandat wegen Falschparkens. Er zerriss das Papier und blies die Schnipsel von der Handfläche. Dann plumpste er in den Fahrersitz und glättete mit klopfenden Herzen den aufgeklaubten Zettel. Und er traute den Augen nicht. Die Nachricht entzifferte sich als ein einziger Hilfeschrei: „Bitte hilf mir, Boy! Rette mich aus der Hölle!!!"

„Um Himmelswillen, Jennie", fluchte er, „in welcher Scheiße steckst du? Was passiert da mit dir?" Er zündete sich zuerst eine Zigarette an und dann das Blatt Papier. Nachdenklich betrachtete er die Flamme und bevor sie seine Finger ansengte, ließ er den Rest des verkohlten Zettel auf den Fahrzeugboden fallen und zermahlte ihn mit der Stiefelsohle.

Hinter dem Wagen ertönten feste Schritte auf dem Asphalt. Im Rückspiegel erblickte Welden einen stämmigen Mann im schwarzen Anzug und Sonnenbrille. Das war Bill Tosh, Axel Rosseggers Leibwächter aus dem Waldorf Astoria Restaurant.

Welden lächelte karg. Keine Sekunde zu früh hatte er den Wisch verbrannt.

Bill Tosh stand bereits an der Fahrertür. „Sie haben etwas gefunden, dass Mr. Rossegger gehört", sagte er grußlos. Eine Hand verbarg er unter dem Sakko und Welden war klar, dass er eine Waffe hielt. „Ich muss Sie bitten, aus dem Auto zu steigen und mit mir mitzukommen. Mr. Rossegger will Sie sehen."

„Tatsächlich?" machte Welden auf dumm.

„Ich halte eine Knarre in der Hand, Mr. Welden. Sie sollten also tun, was ich Ihnen sage. Und geben Sie mir das Schreiben von Miss Rossegger."

„Wie geht's deinen Kniescheiben?" erkundigte sich Welden.

Verständnislos erwiderte Bill: „Wieso? Was soll mit meinen Kniescheiben sein?"

„Hast du keine Beschwerden damit?"

Bill Tosh tippte sich an die Stirn: „Spinnst du, Mann?"

„Ich dachte nur", sagte Welden und rammte die Autotür gegen Bills Beine. Der brüllte vor Schmerz und taumelte zurück, fasste sich an das Schienbein.

Behände sprang Welden aus dem Wagen und hämmerte Bill die Faust ans Kinn. „Tut mir leid wegen deinem Knie", sagte er bedauernd und trat ihm vehement in die Kniekehle. Ein knirschendes, hässliches Geräusch. Schmerzerfüllt brüllte Tosh, verlor das Gleichgewicht und den Revolver und landete mit glasigen Augen auf dem Bürgersteig.

Welden hob den 38er Colt auf und verstaute ihn hinter den Hosengürtel. „Komm schon, steh auf, Bill", ermunterte er den halb Weggetretenen und zerrte ihn auf die Füße. „Ich bringe dich zu deinem Boss".

Er schleifte den schweren Mann auf den Beifahrersitz, ging auf die Fahrerseite und begutachtete die Tür. „Du hast harte Knochen, mein Junge. Da ist eine Beule in meiner Tür. Verdammt, Bill, das ist eine 56 Corvette. Du wirst mir den Schaden bezahlen. Hast du verstanden?"

Belämmert nickte Tosh. Wahrscheinlich verstand er kein Wort. Ein blutiger Streifen rann aus der aufgeplatzten Unterlippe über sein vorgeschobenes Kinn.

„Pass nur auf, dass du mir keine Flecken ins Polster machst“, warnte Welden.

„Mein Knie ist kaputt“, jammerte Tosh weinerlich.

„Jetzt mach kein Theater“, sagte Welden. Er startete den Wagen und fuhr los.

***

Das schmiedeeiserne Portal zum Anwesen Rosseggers in der Washington Street klaffte weit auf. In der langen Einfahrt parkten drei komfortable Luxusschlitten, darunter der Cadillac Eldorado. Dicht dahinter reihte Welden die Corvette ein und stieg aus. Er brannte sich einen Glimmstängel an und setzte sich auf den Kotflügel. Mit dem Revolver forderte er Bill Tosh zum Verlassen des Fahrzeugs auf. Schwerfällig windelte sich der angeschlagene Mann aus dem Sitz und hinkte um das Auto.

„Bist du okay, Bill?“ fragte Welden. „Geht's wieder?“

„Das wirst du mir büßen. Dafür kille ich dich“, drohte Bill.

„Du bist ja ganz schön rachsüchtig, Bill. Also, du gehst jetzt zu deinem Arbeitgeber und meldest mich an. Danach lässt du dich von einem Arzt versorgen.“

Wütend starrte ihn Bill an. In den Augen die reinste Mordlust.

Gelangweilt klappte Welden die Revolvertrommel heraus und ließ die Patronen in seine Handfläche fallen. Er reichte Bill die nutzlose Waffe. „Damit du dir nicht nackt vorkommst. Erzähle deinem Boss, dass du mich gewaltsam mitgenommen hast. Ich werde dich nicht verpfeifen.“

Am liebsten wäre ihm Tosh wahrscheinlich an die Gurgel gesprungen. Aber er unterdrückte die maßlose Erregung, machte kehrt und humpelte zum Hauseingang.

Eventuell war es ein Fehler, den Revolver aus der Hand gegeben zu haben, überlegte Welden.

Die Situation spitzte sich zu und er besaß nichts, womit er sich verteidigen konnte.

Aus der Villa trat Axel Rossegger, flankiert von zwei brutal aussehenden Leibwächtern.

Gelassen erwartete Welden die Männer, rauchte einen letzten Zug und schnippte den Stummel weg.

Einer der Goliaths verharrte mit gespreizten Beinen und verschränkten Armen vor Welden, während ihm der andere die Kleider nach Waffen abtastete.

„Er ist sauber, Mr. Rossegger. Er hat keine Knarre", grunzte er und wich einen Schritt zurück.

„Wie geht's, Mr. Rossegger?" grüßte Welden freundlich. „Lange nicht mehr gesehen."

Prüfend musterte ihn der Millionär. Er trug trotz der Nachmittagshitze eine Krawatte und eine elegante Strickjacke. „Sie haben Bill übertölpelt und sind dennoch meiner Aufforderung gefolgt und hierher gefahren. Warum?"

„Weiß nicht. Vielleicht hoffte ich, Jennie wiederzusehen."

„Da muss ich Sie leider enttäuschen. Meine Frau ist nicht hier. Aber Sie sind ihr doch bereits auf dem Friedhof begegnet. Dabei hat sie Ihnen doch eine Nachricht zukommen lassen. Geben Sie mir den Zettel und dann verschwinden Sie aus meinen Augen."

Welden spielte den Ahnungslosen. „Null Ahnung, von was Sie sprechen, Mr. Rossegger. Jennie hinterließ mir eine Nachricht? Irren Sie sich nicht? Ich habe nichts von Jennie erhalten."

Rossegger machte eine Kopfbewegung, darauf hin durchsuchte ihn der Leibwächter noch einmal. „Er hat nichts dabei", sagte er. „Außer der Zigarettenpackung und ein paar Münzen und fünf Patronen."

„Dann checkt den Wagen", befahl Rossegger.

„Vergebliche Mühe. Sie werden nichts finden", meinte Welden.

Verstimmt erwiderte Rossegger. „Folgen Sie mir ins Haus. Ich mixe uns einen Trink und dann unterhalten wir uns."

„Wenn Sie sich davon was versprechen", zuckte Welden mit der Schulter und trabte Rossegger hinterher.

Der Millionär führte Welden in das großflächige Wohnzimmer. Vor der Tür postierten sich die beiden Leibgardisten.

Ein perfekt eingerichteter Raum. Möbel aus Kirschholz, Marmortisch, schneeweiße Ledercouch, glänzender Parkettboden, hochwertige Perserteppiche.

Auf dem Sofa aalte sich ein blutjunges, semmelblondes Mädchen in verführerischer Pose. Sie war hübsch, aber viel zu stark geschminkt und sie strahlte eine wollüstige Erotik aus. Wie eine zweite Haut klebte der knallrote Badeanzug an ihrem gut proportionierten Körper.

„Was treibst du hier, Lulu? Erheb deinen dicken Arsch und verschwinde", raunzte Rossegger sie unfreundlich an. „Spring in das Schwimmbecken, gehe an die Bar, oder fläze dich in der Sonne."

Verwundert konstatierte Welden die Anwesenheit des vollbusigen Püppchens. Gerade eben wurde Rosseggers Tochter zu Grab getragen, seine Frau steht unter Mordverdacht und er amüsierte sich mit minderjährigen Flittchen.

Gekränkt setzte sich der frühreife Fratz die übergroße Sonnenbrille auf, die an einer dünnen Kette um ihren Hals hing, und rauschte hoheitsvoll an Welden vorbei zu Tür. Eine billige Parfümwolke begleitete sie. Die Kleine war wirklich nur zweite Wahl. Er verstand den Millionär nicht.

„Tolles Girl", sagte Welden ironisch. „Wo haben Sie die aufgetrieben? In der Volksschule?"

Rossegger antwortete nicht. Er ging zur Schrankbar und mixte ein Getränk für sich und fragte: „Was kann ich ihnen anbieten, Welden? Sie trinken ja nur Bier oder?"

Dankend lehnte Welden ab. Er hatte keinen Durst. Stattdessen steckte er sich einen Glimmstängel an. In diesen Raum arbeitete eine Klimaanlage und die Luft war angenehm kühl.

Mit einer Handgeste forderte ihn Rossegger zum Sitzen auf. Welden verspürte keine Lust dazu. Er stand lieber, wollte flexibel bleiben.

Ohne Umschweife blätterte Rossegger fünf Tausend Dollar Scheine auf den Marmortisch. „Eigentlich muss ich das nicht tun. Sie haben keinen offiziellen Auftrag von mir. Aber ich will trotzdem ihre Unkosten erstatten. Nehmen Sie das Geld und damit endet unsere Geschäftsverbindung. Jennifer ist wieder auf freien Fuß. Sie benötigt Ihre Unterstützung nicht mehr. Auch wenn Sie Ihnen eine andere Mitteilung zuspielte."

Welden tippte die Zigarettenasche auf das blank polierte Parkett.

Zähneknirschend übersah Rossegger die Provokation.

Ruhig sagte Welden: „Ich will Jennie sprechen. Sie soll mir sagen, dass es ihr gut geht und sie meine Hilfe nicht mehr beansprucht. Wo ist Sie?"

„Meine Frau ist an einem sicheren Ort untergebracht. Machen Sie sich keine Sorgen."

„Aber Jennie steht weiter unter Mordverdacht. Sie ist doch nur auf Grund der bezahlten Kaution frei. Der wahre Mörder läuft unentdeckt in New York herum und wird eventuell noch einmal töten."

Axel Rossegger kostete am Cocktailglas und sagte: „Das ist nicht mehr Ihr Problem, Welden. Sie sind raus aus dem Fall. Kassieren Sie die Abfindung ein und verabschieden Sie sich."

„Sie irren sich, Mr. Rossegger. Ich bin nicht raus aus dem Fall. Im Gegenteil, ich bin mittendrin. Noch weiß ich nicht, welche Probleme Jennie hat, aber ich werde mich darum kümmern. Jetzt umso mehr!."

„Ich will Sie nicht mehr sehen", antwortete Rossegger kalt. „Und Sie sollten allmählich begreifen, dass Jennifer nichts mehr von ihnen wissen will. Ich warne Sie, Welden, wenn Sie auch nur in unmittelbarer Nähe meiner Frau auftauchen, lasse ich Sie von der Citizenpolice auf der Stelle verhaften."

„Sparen Sie sich Ihre Drohungen. Damit schüchtern Sie mich nicht ein. Jennie ist in großer Gefahr und ich versuche ihr zu helfen, indem ich den eigentlichen Mörder zur Strecke bringe. Und ihr Kohle können Sie sich in den Arsch stecken."

Abrupt knallte Rossegger das Glas auf den Tisch. Es zersprang und Blut tropfte aus seiner verletzten Handfläche. Er presste ein Taschentuch gegen die Wunde und schritt zur Tür. Befehlend rief er nach den zwei Leibwächtern: „Harry und Johnny, kommt rein. Ich will dass ihr euch mit Mr. Welden unterhaltet. Sorgt für ein intensives Gespräch...“

„Hallo, Jungs, herein marschiert“, grüßte Welden fröhlich. „Ich denke, das wird eine interessante Diskussion. Lasst uns anfangen ...“

***

Am frühen Abend plagte Jeck Born eine ungewisse Nervosität. Seit dem letzten Anruf von Welden waren fünf Stunden vergangen. Das war ungewöhnlich. Normal meldete sich Welden alle zwei Stunden. Es sei denn, es war etwas anderes vereinbart.

Zwei Dinge bereiteten Born Sorgen. Erstens eine telefonische Benachrichtigung von Sergeant Wyler über die Identität des Mannes, der wie tollwütig auf Welden losballerte. Der Kerl hieß Brad Pander und wurde vor 24 Stunden aus dem Zuchthaus St. Quentin entlassen. Dort verbrachte er sieben Jahre wegen versuchten Totschlags an seiner Frau. Er prügelte mit einem Baseballschläger am helllichten Tag im Central Park auf diese ein. Durch Zufall verweilte Steven B. Welden damals unter den Spaziergängern und konnte durch beherztes Eingreifen verhindern, dass Pander die eigene Ehefrau tot knüppelte. Gestern, also sofort nach seiner Freilassung, besorgte sich Pander einen Revolver um sich an Welden zu rächen, den er für den jahrelangen Knast verantwortlich machte. Zum Schluss meinte der Sergeant am Telefon, dass Pander bedauerlicherweise in einem unbewachten Moment die Flucht aus dem Polizeirevier gelang und unerkannt untertauchte. Aber die Citypolice hätte alles im Griff. Es wäre nur eine Frage der Zeit, bis

Pander wieder eingefangen war. Derweil sollten Jeck Born und im besonderen Welden auf sich aufpassen, da nicht auszuschließen war, dass Pander ihnen weiterhin nach dem Leben trachtete.

„Scherzkeks", kommentierte Born und legte den Hörer auf.

Eine halbe Stunde später erreichte ihn über den Fernschreiber ein Dossier über Axel Rossegger. Nicht uninteressant. Ein erfolgreicher Geschäftsmann, der ein großes Kaufhaus in New Yorks bester Lage leitete. Hundert Angestellte und fünfzig Millionen Jahresumsatz. Eine Goldgrube. Rossegger und sein Bruder Carl erbten das vierstöckige Wohnhaus vor zehn Jahren von ihrem Vater. Im Erdgeschoss war nur ein kleiner Tante Emma Laden. In kürzester Zeit vertrieben die Brüder die Mieter aus den Wohnungen und bauten ein mächtiges Einkaufscenter auf. Vor drei Jahren wurde Carl Rossegger gemütskrank. Er bekam Wahnvorstellungen. Sein Bruder Axel ließ ihn entmündigen und in eine psychiatrische Anstalt einweisen. Kurz darauf starb unter mysteriösen Umständen Axel Rosseggers Frau. Bereits ein halbes Jahr nach ihrem Tod heiratete er die zweiunddreißig Jahre jüngere Jennifer Douglas. Und jetzt wurde Marie Lena, Tochter aus erster Ehe, grausam ermordet. Über der Familie Rossegger schien ein Fluch zu hängen.

Nervös blickte Born auf seine Armbanduhr. Bald 19Uhr. Kein Lebenszeichen von Welden. Entschlossen wählte Born eine Telefonnummer. Vielleicht war sein Informant noch im Polizeirevier. Er hatte Glück.

„Sergeant Wyler", meldete sich eine Stimme.

„Hallo, Tom, geht's dir gut?"

„Bist du das schon wieder, Jeck? Du attackierst mich heute ja mit deinen Anrufen. Ich habe dir den Bericht doch zugeschickt. Was willst du also noch?“

„Alles klar. Ich habe die Akte. Sagt nicht viel aus. Trotzdem vielen Dank.“

Misstrauisch fragte der Angerufene: „Was ist, Jeck? Dich juckt doch was. Du willst noch etwas von mir. Spucke es schon aus.“

„Es ist nur eine Lappalie, Tom. Ich revanchiere mich, ehrlich.“

„Spuck es aus, Jeck“, brummte es in der Leitung.

„Kannst du herausfinden, in welcher Klinik Carl Rossegger untergebracht ist?“ fragte Born.

„Ist das alles?“ erkundigte sich Tom.

„Ja, natürlich oder halt, nein. Vielleicht hast du etwas Genaueres über den Tod von Axel Rosseggers erster Frau.“

„Okay, Mann. Mal sehen, was ich tun kann. Das kostet dich eine Kleinigkeit, Jeck. Ist dir doch klar, oder?“

„Okay, Tom. Am Sonntag spielen die New Yorks Strikers gegen die Chicago Bulls. Ich besorge dir die Karten.“

„Das wollte ich hören“, sagte Tom Wyler zufrieden und beendete das Gespräch.

Als Born bei zwei Flaschen Bier und fünf Zigaretten angelangt war, klingelte das Telefon. Wider Erwarten war es jedoch nicht Wyler oder Welden, sondern seine neue Freundin Maureen. Verdammt, er hatte ganz verschwitzt, dass er zum Essen mit ihr verabredet war. Er entschuldigte sich mehrmals und sagte ihr, er habe seit Stunden keine Nachricht mehr von Welden erhalten und wäre deshalb in Besorgnis.

Kein Problem meinte Maureen, ich komme mit einer großen Pizza vorbei.

Es dauerte nicht lange und der Fernschreiber tuckerte los. Jeck Born zog das Schreiben heraus und las es durch. Ein knapp gehaltener Bericht. Carl Rossegger war in einer geschlossenen Psychiatrieklinik untergebracht, einem staatlichen Institut, das sich in der 227 East, 19the Street befand und von Direktor Dr.med.phil. Jefferson geleitet wurde.

Axel Rosseggers erste Frau Juliane ertrank unter Alkoholeinfluss im eigenen Swimmingpool. Und Axel Rossegger kassierte eine Million Dollar aus ihrer Lebensversicherung.

Die Türglocke schlug an und Born öffnete. Im Flur die bezaubernde Maureen Sullivan, im zitronengelben Sommerkleid, wohlgestaltet, adrettes pechschwarzes Kurzhaar, grüne Augen, kirschrote Lippen. Auf den Armen eine wagenradgroße Pizza, in der Hand eine Flasche Rotwein.

„Du siehst fantastisch aus", sagte Born und küsste sie auf den Mund. „Komm herein, mein Sonnenschein." Er nahm ihr den Pizzakarton ab und lud ihn auf dem Bürotisch ab.

„Noch nichts von Boy gehört?", fragte Maureen. Kokett setzte sie sich auf die Tischplatte, schlug die prächtig geformten Beine übereinander und klappte den Pappkarton auf.

„Kein Sterbenswörtchen", sagte Born und holte einen Korkenzieher und zwei Gläser aus der Schublade und entkorkte die Weinflasche. „Als Letztes erzählte er mir, eine alte Jugendliebe von ihm steckte in allerhöchsten Nöten."

„Ich denke, du machst dir unnütze Gedanken. Wie ich diesen Casanova kenne, vergnügt er sich gerade mit seiner alten Flamme." Herzhaft biss Maureen in ein Pizzastück.

Born grinste leicht und schenkte die Gläser ein. „Vielleicht hast du Recht. Zum Zutrauen wäre es ihm. Vor lauter Wiedersehensfreude vergisst er den Kumpel."

Verführerisch schleckte Maureen mit der Zunge ein Teigkrümel von ihrer Unterlippe. Die Augen bekamen einen eigenartigen Glanz.

„He, Maureen, schlage dir das aus dem Kopf", mahnte Born. „Sieh mich nicht so an. Nicht in diesem Büro."

„Aber Schatz, was denkst du von mir?" Sie lächelte hinreißend und schob das Kleid weit über ihre nackten braunen Schenkel.

Er stellte das Weinglas ab und trat zu ihr. Sie hockte auf der Tischplatte und spreizte bereitwillig ihre langen Beine. Er drängte sich dazwischen, umschlang ihre Wespentaille und zog sie zu sich heran. Sie legte die Arme um seinen Hals und schloss die Augen. Sanft küsste er ihre pfirsichweichen Lippen und er spürte das lodernde Feuer in ihr. Er glaubte darin zu verbrennen, atmete den Duft ihres Haares, die Hitze ihrer Haut. Leidenschaft und Begierde kochten in ihm. Maureens Atem beschleunigte sich.

„Wir sollten das nicht tun. Auf dem Schreibtisch, das ist höchst unmoralisch", sagte er und streifte ihr die Spagettiträger von den Schultern.

„Na und? Niemand wird uns stören, niemand wird es erfahren", sagte Maureen atemlos. Sie umklammerte ihn mit ihren Schenkeln.

„Und wenn Boy kommt?"

„Verdammt, Jeck, halt den Mund und küss mich!"

***

Die Schmerzen weckten Welden aus der Bewusstlosigkeit. Er fühlte sich wie durch den Fleischwolf gedreht. Jeder Nerv, jeder Muskel und jede Faser des Körpers schmerzte teuflisch. Da schien nichts mehr heil zu sein. Die Schweine hatten ihn systematisch und erbarmungslos zusammengeschlagen. Er wehrte sich zwar heldenhaft, aber es war sinnlos, letztendlich ließen sie ihm nicht den Hauch einer Chance.

„Er wacht auf", sagte jemand.

Vorsichtig lüftete Welden zuerst ein Auge, dann auch das andere.

Er befand sich immer noch im Wohnzimmer, allerdings auf dem Parkettboden.

„Wie fühlen Sie sich, Mr. Welden? Geht es Ihnen gut?"

Welden hob den Kopf.

Selbstgefällig lümmelte sich Axel Rossegger im Sessel und blickte neugierig auf ihn hernieder. Kalte, emotionslose Augen.

Links und rechts nehmen ihm standen Harry und Johnny und grinsten hämisch.

„Hallo, Mr. Rossegger, hallo, Jungs", krächzte Welden. „Verflucht, mit was habt ihr mich bearbeitet? Mit einem Hufeisen?" Er tastete sein Gesicht ab, die Nase, die Zähne, das Kinn. Alles schwer lädiert und geschwollen, aber glücklicherweise nichts gebrochen. Die Finger zitterten leicht, als er aus dem Hemd die zerknautschte Zigarettenpackung zog und sich einen abgeknickten Glimmstängel zwischen die dicken Lippen klemmte. Fragend blickte er die zwei Schläger an.

„Was ist, Kumpels? Wollt ihr mir nicht Feuer geben?"

Als Antwort schlug ihm der bullige Johnny die Zigarette aus dem Mund.

„Okay, ich verstehe, ihr mögt keine Raucher“, sagte Welden und schmeckte das warme Blut auf der geplatzten Lippe. Er wollte sich aufrichten, da stieg ihm Johnny mit dem Cowboystiefel auf die Brust.

„Du bleibst liegen, Schnüffler“, sagte er.

„Keine Panik, Mann, ich rühre mich nicht von der Stelle.“

Axel Rossegger beugte sich im Sessel vor und sagte: „Ich kann sie nicht leiden, Mr. Welden. Sie sind ein ungebildeter Schnösel. Sie haben keinen Stil und Sie haben meine Frau gevögelt.“

„Das ist doch alles Quatsch und Schnee von gestern. Das war vor zehn Jahren.“

„Mag sein, aber das macht es nicht ungeschehen. Deswegen werden Sie sterben, Mr. Welden.“

Eiskalter Schauer rann Welden über den Rücken. Rossegger meinte das todernst. Der Mann war verrückt. Er wollte Welden töten, weil dieser vor einer Ewigkeit Jennifer geliebt hatte. Ahnungsvoll vergewisserte sich Welden: „Sie scherzen doch, Mr. Rossegger oder?“

Nun lächelte Rossegger: „Ich scherze nie, Mister. Seitdem mir Jennifer von Ihnen berichtete, hasse ich Sie abgrundtief. Allein die Vorstellung, wie sie sich von Ihnen betatschen ließ, wie ihr beide euch küsst und eure Leiber sich vereinigten. Das ist Ekel erregend!“

„Wie oft muss ich es noch sagen. Das ist zehn Jahre her. Wir waren Kinder“

„Jennifer hat Sie einmal geliebt und ich glaube, sie liebt Sie heute noch. Ihre Augen leuchten, wenn Sie von Ihnen spricht. Mich hat Sie noch nie so angestrahlt."

Jetzt wurde Welden wütend: „So einen Schwachsinn muss ich mir nicht anhören. Sie sind krank im Kopf. Sie sollten einen Psychiater aufsuchen. Ich habe Jennie seit der Schule nicht mehr gesehen. Ich hatte sie total vergessen, bis Sie mir heute Mittag im Restaurant ein Bild von ihr zeigten."

„Lüge! Das ist eine gottverfluchte Lüge!" schrie Rossegger, jählings die Kontrolle verlierend. „Sie müssen mich nicht für dumm verkaufen. Ich weiß, dass ihr beide euch heimlich in Motels getroffen habt. Sie hat mir Hörner aufgesetzt, ihr habt miteinander gefickt und euch königlich über mich amüsiert."

„Mann, Ihnen hat man ja ins Gehirn geschissen. Sie haben ja Wahnvorstellungen!"

Unbedacht wollte Welden hoch, aber Johnnys Fuß auf dem Oberkörper hinderte ihn daran, ebenso die auf ihn gerichtete 38er Smith & Wesson.

„Hübsch liegen bleiben", befahl Johnny.

„Genug geplaudert", sagte Rossegger und erhob sich aus dem Sessel. Er hatte sich wieder in der Gewalt. „Sie werden Jennifer nicht mehr sehen. Dafür sorge ich." Ruhig sagte er zu seinen Leibwächtern: „Beschwert seine Füße und schmeißt ihn in den Swimmingpool zu Lulu. Verschließt das Becken und kommt zum Wagen. Wir müssen noch etwas anderes erledigen. Morgen früh, bevor der Tag graut, entsorgt die Kadaver im Hudson River."

„Damit kommen Sie nicht durch", rief Welden hastig aus. „Mein Partner weiß, wo ich bin."

Geringschätzig winkte Rossegger ab. „Na und? Was beweist das? Ich werde ihm erzählen, Sie waren da und sind wieder gegangen."

Johnny packte Welden mit einer Hand am Hemdkragen, mit der anderen drückte er ihm die Revolvermündung an die Schläfe und stemmte ihn hoch.

Welden fühlte sich wie ein Rind, das zur Schlachtbank geführt wird.

„Ich kann von Nutzen sein, auf der Suche nach dem Mörder ihrer Tochter!" rief er.

Belustigt hob Rossegger eine Augenbraue: „Das bezweifle ich stark. Sie nützen mir am meisten, wenn Sie tot sind. Und das sind Sie bald, da ich gebe Ihnen mein Wort."

„Verdammt, warten Sie ..."

Rossegger hörte nicht auf ihn. Er ging aus dem Zimmer.

„Okay, das war's", sagte Johnny und spannte den Revolverhahn.

„Gehen wir!" Die Männer bugsierten Welden durch den langen Korridor in die rückwärtige Gartenanlage.

Ein überaus kultivierter, sattgrüner Rasen, umsäumt von bunten Blumenbeeten, rundum abgeschirmt zur Straße und zu den Nachbarhäuser durch Zweimeter hohe Buschhecken. Den Mittelpunkt des feudalen Anwesens bildeten das riesengroße, rechteckige Schwimmbecken und die Sonnenterrasse mit den Liegestühlen und den unifarbenen Schirmen.

Auf Johnnys Kommando blieb Welden stehen. Der Revolverlauf wich keinen Millimeter von seinem Hinterkopf.

Harry schleifte einen quadratischen Betonblock aus dem Gebüsch im hinteren Gartenteil hervor. Der Quader wog mindestens vierzig Kilo.

Zum Teufel, was hatten die Jungs damit vor? Welden schwante nichts Gutes.

Schwer atmend unter der körperlichen Anstrengung setzte Harry den Klotz am Rand des Swimmingpools ab. Er wischte sich den Schweiß von der Stirn und sagte: „Bring den Schnüffler her, damit wir die Sache beendigen. Rossegger wartet auf uns!"

„He, Jungs, macht euch nicht unglücklich", protestierte Welden. „Ihr wollt mich doch nicht wie eine Katze ertränken?" Fieberhaft arbeitete sein Gehirn. Doch die beiden Männer waren Profis. Sie ließen ihm keinen Ausweg.

Dicht hinter ihm sagte Johnny: „Du bist ein cleveres Kerlchen. Du hast Recht, wir lassen dich jetzt absaufen. Du wirst sehen, dass tut nicht weh." Aus den Hosentaschen kramte Harry eine Nylonschnur, kniete sich nieder, fädelte die Schnur durch den einbetonierten Eisenring und knotete sie fest um Weldens Schienbein.

„Willst du nicht auch seine Hände fesseln?" fragte Johnny.

Harry grinste nur: „Wozu? Gönnen wir ihm doch den Spaß ein wenig an den Knoten herumzufummeln. Er wird ihn nicht mehr lösen können. Dazu fehlt ihm der nötige Sauerstoff."

Wie gebannt starrte Welden auf die ruhige, blaue Wasseroberfläche.

Dann ging alles sehr rasant. Lachend schubsten die beiden Mörder Welden und den Betonblock in das Becken. Unweigerlich wurde Welden mitgerissen. Er konnte gerade noch tief Luft holen, bevor ihn das Gewicht sekundenschnell nach unten zog und das Wasser über ihn schwappte. Vergeblich kämpfte Welden gegen den Sturz an, ruderte mit den Armen, doch der Klotz am Bein beförderte ihn bis auf das Fundament.

Dort schockierte ihn das nächste Grauen. In Reichweite vor ihm schwankte wie schwerelos ein Mädchenkörper hin und her, unter Wasser gehalten von einem ähnlichen Steinblock wie den seinen.

Lulu, dachte Welden entsetzt. Das ehemals hübsche Gesicht war hässlich aufgequollen, heraustretende Augen, weit offener Mund. Die Sonnenbrille hing noch an ihrem Hals.

Schmerzhaft spürte Welden, wie die Schläfen zu pochen anfingen, wie das Herz schneller schlug, wie allmählich die Luft knapp wurde.

Gleichzeitig verdunkelte sich die Wasseroberfläche über ihm. Eine hydraulisch betätigte Stahlplatte verschloss langsam den Swimmingpool.

Er versuchte die Panik zu unterdrücken. Die Zeit tickte gnadenlos. Vermutlich konnte er noch etwas zwei Minuten ohne Sauerstoff auskommen. Unstet fingerte er an der Nylonschnur herum. Doch die war zu straff gebunden. Ihm gelang es nicht, sie zu entknoten. Die Fingernägel brachen ab.

Und der Schatten der sich schließenden Decke vergrößerte sich über ihm. Wirre Gedanken im Kopf, der Puls hämmerte, die Lunge drohte zu platzen. Keinen Ausweg.

Er glotzte auf den schaukelnden Leichnam vor ihm und ein Blitzgedanke raste durch sein Gehirn. Die Sonnenbrille, wenn er die zu fassen bekam, dann könnte er die Gläser zerschlagen und mit den Scherben die Fußfesseln durchschneiden.

Er reckte und streckte sich im Wasser, fischte nach der Brille, griff ein paarmal daneben, konnte sie endlich ergreifen und riss sie der Toten vom Hals.

Ihm blieb noch eine knappe Minute. Danach wird die angehaltene Luft aus ihm weichen und die Lungen werden sich mit Wasser füllen und er wird jämmerlich ersticken.

Er zersplitterte die Gläser an dem Gesteinsblock, raspelte hektisch mit einem scharfen Bruchstück die Fessel auseinander. Jähe Hoffnung erfüllte ihn. Vielleicht schaffte er es noch. Vielleicht sprang er dem Tod im letzten Augenblick von der Schippe. Luftblasen tanzten aus seinem Mund. Das Herz klopfte wie verrückt. Kraftvoll stieß sich Welden ab und schoss mit vorgestreckten Armen wie ein Delphin nach oben. Er tauchte endlos durch das Wasser und schien nicht vorwärts zu kommen. Verzweifelt strampelte er mit den Beinen. Seine Lunge stand kurz vor dem Explodieren. Schon musste er die erste Menge Flüssigkeit schlucken. Vor den Augen verschwamm die Umgebung. Der Himmel färbte sich rabenschwarz. Lediglich ein schmaler Lichtstreifen leuchtete noch über ihm. Dann schäumte die Wasseroberfläche auseinander und Welden katapultierte sich in letzter Sekunde durch den engen Spalt zwischen Beckenrand und einrastender Stahlplatte. Keuchend wälzte er sich über die Abdeckung und rang nach Sauerstoff. Er glaubte ersticken zu müssen. Zu viel Wasser war bereits in seine Lungen gedrungen. Er wand sich, wie ein Fisch auf den Trockenen, röchelte und kotzte literweise Süßwasser aus. Der Schädel dröhnte, der Puls raste, die Lungenflügel flatterten, der Brustkorb hob und senkte sich, pumpte sich voll Luft. Erst nach und nach regulierte sich der stürmische Atem, beruhigte sich der Herzschlag.

Weiter nach Luft ringend wälzte sich Welden auf den Rücken, breitete die Arme weit aus und starrte gegen den strahlenden Himmel.

Nichts hatte sich verändert. Das Firmament war noch genauso blau wie vor wenigen Minuten.

Während er sich langsam erholte, fiel ihm Axel Rossegger ein und sein Gesicht verfinsterte sich. Dieser verdammte Bastard wollte ihn eiskalt abservieren lassen. Nur weil Welden vor zehn Jahren mit Jennifer liiert war. Rossegger hasste ihn abgrundtief. Doch warum tötete er auch die blutjunge Lulu? War sie ihm unbequem geworden? Was konnte ihm ein so junges Ding schon anhaben? Paradox war allerdings, dass Lulus Tod im Bassin ihm das Leben rettete.

Zornig befreite er sich von dem pitschnassen Sakko und dem Hemd, stülpte die mit Wasser gefüllten Stiefeln und Socken von den Füßen. Sein Blick schweifte zum Gebäude. Irgendwo muss es doch einen Schaltkasten geben, von dem die hydraulische Poolabdeckung gesteuert wurde. Er wollte das ertränkte Mädchen aus dem Wasser bergen. Schließlich entdeckte er neben der Terrassentür einen aufmontierten Blechbehälter. Darin befand sich eine Anzahl von Sicherungen und mehreren Kipphebeln. Kleine Schildchen wiesen auf ihre Funktionen hin. Welden legte einen Hebel um und blickte zum Becken. Geräuschlos öffnete sich die Stahldecke wieder.

Anschließend ging Welden ins Haus. Die nackten Fußsohlen hinterließen dunkle Wasserflecken auf den Teppichen. Er traf keine Menschenseele an. Die Bewohner waren ausgeflogen. Auch in der Küche begegnete ihm niemand. Aus dem Besteckkasten entwendete er ein Messer und schlurfte wieder nach draußen.

Kopfüber hechtete er in den Swimming Pool und tauchte zu dem ertrunkenen Mädchen. Er zerschnitt die Schnur an ihrem Fußgelenk und transportierte den steifen Körper nach oben. Mühsam hievte er den Leichnam über den Beckenrand.

Urplötzlich und vollkommen lautlos traten vier Hosenbeine in sein Sichtfeld. Vorsichtig schielte Welden hoch. Zwei uniformierte Polizisten blickten auf ihn hernieder und ihre Dienstrevolver peilten seinen Schädel an.

„Tag, Kumpels", sagte Welden und raffte sich aus dem Schwimmbecken.

 Irgendwie war das nicht sein Tag. Wie sollte er seine Anwesenheit in diesem fremden Haus erklären? Vor allem die neben ihm liegende Tote?

Der eine Cop, Seehundschnauzer, Augen hart wie Kruppstahl, sagte freundlich: „Sie sind verhaftet, Mister. Alles was Sie jetzt sagen kann gegen Sie verwendet werden."

Umständlich setzte sich Welden auf, kämmte mit den Fingern das nasse Haar aus der Stirn. Er suchte nach Worten. „Ich kann das aufklären. Ich habe das Mädchen aus dem Wasser geholt. Irgendwer hat ihre Beine mit einem Stein beschwert und in den Pool geworfen."

Der andere Cop, glatt rasiert, zerfurchte Gesichtszüge, breite Knollennase, nickte: „Deine Märchen kannst du den Ermittlungsrichter auftischen, Mister. Hat die Kleine deine Visage so ramponiert, weil du sie bumsen wolltest und sie keine Lust dazu hatte? Und deswegen hast du sie absaufen lassen?"

„Nein, das ist alles ganz anders ..."

„Spar dir das, mein Junge. Hoch mit dir, Beine breit und Hände auf den Rücken." Ein Cop hielt Welden mit dem Revolver in Schach, der andere nahm die Handschellen vom Hüftgürtel.

In diesem Augenblick plärrte eine überlappende Stimme über den Platz: „Dieser Scheißkerl gehört mir! Mir allein! Macht dass ihr wegkommt, ihr Scheißbullen. Ich erledige das für Euch!"

Sechs Augenpaare schnellten zum Terrasseneingang.

Zähne fletschend, mordgierige Augen, unverrückbar wie ein Fels erhob sich dort ein riesiger Mann mit einer Maschinenpistole in den Händen.

Oh nein, dachte Welden, nicht schon wieder dieser Irre, der bereits heute Vormittag sein Büro in ein Trümmerfeld verwandelt hatte. Wie kommt dieser Clown hierher? Jeck hat doch gesagt, die Cops hätte ihn festgenommen.

„He, Mister Steven Boy Welden, bete dein letztes Gebet. Hier endet dein Weg!", schrie der Geisteskranke und die Maschinenpistole ratterte los. Wie Hornissen schwirrten die Kugeln über die Köpfe der überraschten Männer. Es war reiner Zufall, dass niemand getroffen wurde.

Hurtig warfen sich die beiden Cops auf den Rasen und kugelten sich aus der Schusszone. Ohne viel zu überlegen, sprintete Welden auf den zweimeterhohen Heckenzaun zu.

Hinter seinem Rücken geiferte die Stimme: „Du entkommst mir nicht, du feiger Hurenbock. Bleibe stehen und stelle dich wie ein Mann!"

Unter Weldens hetzenden Füßen hämmerten die Geschosse die Marmorfliesen der Terrasse in Stücke. Im wilden Zickzackkurs erreichte er die Einzäunung, kletterte wie ein Affe an dem dürren Geäst hoch. Einige Kugeln pfiffen beängstigend nah an seinen Ohren vorbei, dann kippte er sich über das obere Heckenende und schlug wie ein Stein auf dem rückseitigen Straßenpflaster auf, schrammte sich Knie und Ellenbogen blutig. Er blieb liegen und schnaufte erst mal durch. Das war knapp. Gut das dieser Bekloppte kein Kunstschütze war.

Laut hörte Welden aus dem Anwesen eine Stimme schreien: „Du kannst mir nicht entkommen, Steven Boy Welden. Wohin du dich auch verkriechst, ich werde vor dir da sein. Hörst du mich, du Kojote? Ich bin der Albtraum deines Lebens. Laufe nur davon, laufe nur um dein armseliges Leben. Du wirst mir nicht entwischen!"

Mühevoll raffte sich Welden auf und hatschte barfüßig zur Garageneinfahrt der Villa. Aber seine Corvette stand nicht mehr dort. Wahrscheinlich hatte sie Rossegger wegbringen lassen.

Am Fahrbahnrand parkte der Polizeiwagen. Und das Glück war Welden hold. Der Schlüssel steckte. Schnell stieg Welden ein und driftete auf qualmenden Reifen davon. Junge, Junge, was für ein Tag. Und der war noch lange nicht zu Ende.

***

Im Waldorf Astoria Hotel mietete Axel Rossegger für seine Frau Jennifer ein Luxusappartement. Bill Tosh war verantwortlich für ihre Sicherheit. Er hockte neben der Tür auf einen unbequemen Stuhl und bewachte gleichgültig die übersichtliche Etagenflucht. Irgendwie war er sauer. Sein eingegipstes Knie schmerzte teuflisch und die Kinnlade nicht weniger. Auch die blutigen Striemen an der Wange besserten seine Laune nicht. Die blöde Lulu hat ihm die Kratzer beigefügt, als er sie ficken wollte. Als er sich daran erinnerte hob sich seine Stimmung doch. Die Kleine war ganz schön widerspenstig, aber er hatte es ihr richtig besorgt. Schade, dass er sie ertränken musste. Aber Befehl ist Befehl. Das Hochgefühl dauerte nur kurz und er dachte wieder an Welden. Sein Hass auf ihn wuchs ständig. Dieser Scheißkerl hat ihn gedemütigt, vor seinem Chef lächerlich gemacht. Deswegen wurde er abkommandiert, musste diese zweitrangige Aufgabe übernehmen, auf Rosseggers Herzblatt aufzupassen. Lächerlich, was sollte hier in diesem renommierten Hotel schon passieren. Na ja, als Entschädigung hat er sich die Karre von Welden einverleibt. Zwar hatte ihm Rossegger befohlen den Wagen im Hudson zu versenken, doch Tosh ignorierte die Anweisung. Stattdessen fuhr er mit der tollen Kiste zum Hotel und parkte sie in der Seitenstraße hinter dem Gebäude. Morgen wird er die Corvette von seiner Werkstatt umlackieren und mit neuer Fahrgestellnummer ausrüsten lassen. Die Aussicht, dass das Fahrzeug bald ihm gehörte, machte die Wut auf Welden etwas erträglicher.

Während Bill Tosh sich über seine Tätigkeit langweilte, lag Jennifer Rossegger mit offenen Augen auf der Couch in ihrem Zimmer. Die zugezogenen Vorhänge verhinderten das Eindringen der letzten Sonnenstrahlen. Es war so dunkel im Raum, dass sie kaum die Umrisse des Mobiliars erkennen konnte.

Sie fühlte sich innerlich ausgebrannt, deprimiert und unendlich allein. Immerzu dachte sie an das pausenlose Verhör im Polizeipräsidium, die harten Worte des Lieutenant dröhnten nachhaltig in ihrer Erinnerung: „Warum töteten Sie Ihre Stieftochter, warum, warum? Wir wissen, dass Sie ihre Tochter töteten. Leugnen hat keinen Sinn. Wir haben alle Beweise. Das Messer mit ihren Fingerabdrücken, die Kerze im Fahrzeug, von deren Art wir mehrere im Handschuhkasten ihres Wagens entdeckten, der Augenzeuge Walter Cobin. Alle Indizien deuten auf Sie, Miss Rossegger. Erleichtern Sie uns und Ihnen die Arbeit. Gestehen Sie einfach. Möglicherweise wollten Sie Ihre Stieftochter gar nicht umbringen, war alles ein fataler Unfall."

Verzweifelt hielt sich Jennifer die Ohren zu. Sie wollte das nicht mehr hören. Sie wollte vergessen, einfach nicht mehr daran denken. Aber das grausame Geschehen war nicht aus dem Gedächtnis zu löschen. Glasklar, als erlebte sie alles noch einmal, beobachtete sie sich selber, wie sie die Autotür öffnete, und wie ihr Maria Lena in die Arme plumpste. Am Hals eine abscheuliche Wunde. Marie Lena war unwiederbringlich tot. Am Fahrzeugboden die brennende Kerze und dann die Stimme des Portiers: „Miss Rossegger, ich muss die Polizei rufen. Sie haben Ihre Tochter erstochen!"

Schweißgebadet, am ganzen Körper wie Espenlaub zitternd, torkelte Jennifer zum Serviertisch und griff nach einer angebrochenen Whiskyflasche. Gierig trank sie und hoffte, dass ihr der Alkohol zu vergessen half. Aber sie fühlte sich nicht besser. Sie zwang sich, mehr zu trinken. Steven Boy Welden fiel ihr ein. Sie hatte ihn im Friedhof am Wegrand stehen sehen und trotz der langen Zeit sofort wiedererkannt. Am liebsten wäre sie ihm in die Arme gelaufen. Aber sie durfte ihre Gefühle nicht zeigen. Axel würde ihr das Leben zur Hölle machen. Sie war gefangen im goldenen Käfig. Sie war so hoch geklettert, glaubte den Gipfel erklommen zu haben. Traumhochzeit mit einem Millionär. Das Ziel ihrer Träume war erreicht. Nie wieder arm sein. Für immer reich und akzeptiert. Doch Axel Rossegger entpuppte sich schnell als eifersüchtiger Tyrann und Sadist. Jennifer musste erkennen, dass alles zwei Seiten hatte. Der Sturz aus den Wolken war rapide und niemand fing sie auf. Sie durfte keinen Schritt allein unternehmen. Wo sie auch hinging, immer war ein Leibwächter Rosseggers dabei, immer stand sie unter Beobachtung. Einmal beschwerte sie sich bei ihrem Mann, als Strafe sperrte er sie eine Woche in ihrem Zimmer ein. Er behandelte sie wie eine Sklavin. Oh Boy, wann holst du mich aus diesem Gefängnis? Mit Schrecken dachte Jennifer daran, dass Welden vielleicht den fallengelassenen Zettel mit ihrem Hilferuf gar nicht aufgehoben hatte.

Trotz der Klimaanlage war die Luft im Raum schwül und stickig. Jennifer bildete sich ein, unsäglich schmutzig und verschwitzt zu sein. Der eigene Körpergeruch widerte sie an. Sie schaltete die Stereoanlage ein. Joan Beaz sang vom Birmingham Sunday. Angeekelt von sich selbst schälte sich Jennifer aus ihrem schwarzen Kleid, dabei schluckte sie unaufhörlich Whisky. Sie schleuderte den Büstenhalter durch das Apartment, trippelte mit der Whiskyflasche in der Hand in das fensterlose Badezimmer. Weil es zu dunkel war, knipste sie zuerst die Deckenlampe ein und ließ dann Wasser in die Wanne einlaufen. Ungewollt blickte sie in den Spiegel. Ein abgespanntes, kreidebleiches Gesicht, rotgeränderte, wässerige Augen, stumpfes, ungeordnetes Haar. Jennifer erkannte sich kaum selbst. Sie verzog die ungeschminkten Lippen zu einem gequälten Lächeln. „Du siehst hervorragend aus, Jennie, wirklich hervorragend", sagte sie laut. „Du hast deine Stieftochter beerdigt und jetzt besäufst du dich. Na großartig."

Doch dann glaubte sie ihr Herz blieb stehen. Sie erblickte im Spiegel wie hinter ihr eine behaarte Hand durch die angelehnte Tür nach dem Lichtschalter tastete.

Erschrocken drehte sie sich um und fragte heiser: „Bill, sind Sie das? Das ... das find ich nicht lustig. Wie ... wie kommen Sie hier herein?" Halb nackt stand sie da, nur mit einem Höschen bekleidet.

Da erlosch das Licht. Und Jennifer konnte die Hand vor den Augen nicht mehr sehen. Augenblicklich verflüchtigte sich der Alkohol im Gehirn. Das Herz hämmerte vor Angst bis zum Hals.

Fest umfasste sie die Whiskyflasche.

„Du musst dich nicht fürchten, schöne Jennifer", kicherte eine Stimme aus dem Finstern. „Ich bin's nur. Carl, der Bruder deines Mannes. Hat er dir nichts von mir erzählt? Haha, das sieht im ähnlich, diesen Mistkerl. Du weißt nichts von mir? Schade, mein Täubchen. Du hättest mich bestimmt gemocht. Da bin ich mir sicher."

„Sie sind Axels Bruder?" stöhnte Jennifer und wich bis zur Badewanne zurück. „Was wollen Sie von mir?"

Harte Fußtritte näherten sich aus der Dunkelheit. Unaufhörlich rauschte das Wasser in die Wanne.

Die bedrohliche Stimme klang ganz nah: „Jaja, ich bin Carl Rossegger, der Verrückte, der Blödian, der Durchgeknallte. Axel hat das famos eingefädelt. Er sorgte für meine Entmündigung und schickte mich ins Irrenhaus. Damit glaubte er, mich für immer losgeworden zu sein. Er kassierte meinen Anteil ein und wurde der große Geschäftsmann. Doch jetzt bin ich wieder da und werde mir holen, was mir gehört. Ich werde ihn vernichten, werde alle töten, die ihm nahe stehen. Mit Marie Lena habe ich angefangen, und mit dir, du Schlampe, mache ich weiter."

Das fließende Wasser schwappte über den Wannenrand, überflutete den Steinboden und umspülte Jennifers nackte Füße. Sie bemerkte es nicht. Die Furcht schnürte ihr die Kehle zu. Sie hielt sich an der Whiskyflasche fest, als wäre sie ein Rettungsanker.

„Eigentlich habe ich nichts gegen dich. Aber du hast dir den falschen Mann ausgesucht. Du glaubtest wohl, du raffst dir einen Millionär und setzt dich in das gemachte Nest. Doch du hast dir mit der Hochzeit das eigene Grab geschaufelt. Denn ich töte alle, die meinem Bruder, dem Arschloch nahe stehen." Die näselnde Stimme klang als rede sie übers Wetter.

„Warum ... wollen Sie mich umbringen? Ich habe Ihnen doch nichts getan. Ich wusste gar nichts von Ihrer Existenz. Axel hat nie von Ihnen gesprochen." Die Worte sprudelten auf einmal aus Jennifer. Sie redete um ihr Leben. Dieser Wahnsinnige will sie umbringen. Wo, verdammt noch mal, blieb bloß Bill? Er bewachte den Eingang. Wieso konnte Carl Rossegger an ihm vorbei schleichen. Vielleicht war dieser Idiot eingeschlafen? Tief atmete Jennifer ein, um einen grellen Hilfeschrei auszustoßen.

Wie von Geisterhand bedient verstärkte sich die Musik aus den Lautsprecherboxen und Trini Lopez plärrte, 'If Had A Hammer'.

Jennifer versagte die Stimme. Ein mächtiger Schatten senkte sich über sie. Und sie wusste, ganz dicht vor ihr stand der Tod. Sie roch den abstoßenden Atem und die grausame Stimme aus dem Dunkel übertönte das Lied aus dem Radio: „Schrei nur, schrei so laut du kannst.

Niemand wird dich hören, du Hure. Dein Leben ist vorbei".

Die Angst zerriss Jennifer die Brust. Widerlicher Atemgestank streifte ihr Gesicht. Sie wollte zurückweichen, doch hinter ihr war die Badewanne und es gab kein Entkommen mehr. Mit einem Mal spürte sie eine harte Hand am Hals, dann ein dünner Stich im Bauch, aber keinen Schmerz.

Zweimal rammte Carl Rossegger das Messer in Jennifers Körper. Die Whiskyflasche prallte auf den Steinboden und zerschellte in tausend Scherben.

Die Schwerverletzte sank auf den Boden und presste beide Hände gegen den Unterleib. Unaufhörlich quirlte Blut zwischen die Finger. Langsam kippte Jennifer rückwärts an die Wanne. Mit glanzlosen Augen blickte sie ihren Mörder an.

Lange Sekunden überlegte der Mörder, ob er noch einmal zustechen sollte und kam zu dem Entschluss, dass dies unnötig war. Jennifer wird verbluten und in wenigen Minuten tot sein. Er wollte ihr das bisschen Leben noch gönnen. „Leb wohl, Schätzchen. Und nimm es nicht allzu persönlich", sagte er, wandte sich um und ging ins Wohnzimmer. Er stellte eine rote Kerze auf den ovalen Tisch und zündete sie an.

Im Bad lief die Wanne über. Das Wasser umspülte Jennifers Füße und vermischte sich mit dem ausströmenden Blut.

Gleichmütig schlenderte Carl Rossegger dann aus dem Appartement.

Neben dem Eingang hockte Bill Tosh mit durchgeschnittener Kehle auf dem Stuhl. Carl klopfte den Getöteten die Kleidung ab, fand dabei den Autoschlüssel von Weldens Corvette, steckte ihn ein und ging ohne Eile zum Lift.

Beinahe gleichzeitig verließ ein Hotelgast das gegenüberliegende Gemach. Als er den toten Mann im Korridor erblickte, lief er panikartig ins Zimmer zurück und versuchte umgehend den Portier an der Rezeption übers Telefon zu benachrichtigten. Weil sich dort trotz mehrmaligen Anläutens niemand meldete, rief er direkt die Citizenpolice an.

***

Kurz nach 20 Uhr klingelte das Telefon im Büro von Jeck Born.

Mit einem unguten Gefühl hob Born ab. „Privatdetektei Welden und Born?"

Es war Tom Wyler. Kurz angebunden fragte er: „Ist Welden bei dir? Oder hat er sich schon gemeldet?"

„Was ist passiert, Tom?"

„Ist dieser ausgeflippte Detektiv bei dir aufgekreuzt?"

„Nein, was ist los, Tom? Ist Boy was zugestoßen?"

Toms knurrige Stimme wurde leiser. „Hör zu, Jeck. Du hast das nicht von mir, okay?"

„Rede nicht um den heißen Brei, Tom", erwiderte Born ungeduldig. „Sag was du zu sagen hast. Was ist mit Boy?"

„Dieser hirnverbrannte Kerl hat sich mit Axel Rossegger angelegt. Er ist in dessen Villa eingebrochen. Dabei erwischte ihn ein junges Mädchen, das im Haus zu Besuch war. Welden entledigte sich dieser unbequemen Zeugin auf seine Art. Er ersäufte sie im Schwimmbecken."

„Was???!"

61

„Du hast richtig gehört. Dein Kompagnon wird polizeilich gesucht, wegen Mordes an einer Minderjährigen, wegen Einbruchs und Diebstahls und Widerstand gegen die Staatsgewalt. Zwei Beamte trafen ihn gerade an, als er die Tote aus dem Wasser fischte."

„Verflucht Tom, was erzählst du für eine Scheiße? Wenn das einer deiner makabren Späße ist, dann kann ich diesmal nicht darüber lachen."

„Das ist kein Spaß, Jeck. Leider nicht", sagte der Sergeant. "Nach Welden wird gefahndet, weil er ein Mädchen gekillt hat."

Nun wurde Jeck Born böse. „Tom, nun hör aber auf mit deinem Gequatsche. Du weißt so gut wie ich, dass Boy niemanden killt. Also, verflucht noch mal, bleibe sachlich und kläre mich auf."

„Entschuldige, Jeck. Ich sage nur, was Fakt ist. Doch es geht noch weiter. Als die Cops Welden verhaften wollten, tauchte der verrückte Brad Pander auf, du weiß schon, der Knabe, der euch heute Morgen im Büro überfiel und der uns aus dem Revier entschlüpfte. Dieser Pander musste Welden irgendwie verfolgt haben. Jedenfalls war er plötzlich da und ballerte aus allen Rohren los. Wie durch ein Wunder verletzte er niemanden. Welden hechtete über den Heckenzaun und haute mit dem Streifenwagen ab. Bevor die beiden Beamten was tun konnten, verschwand auch Pander."

„Ich glaube dir kein Wort, Mann. Hast du zu tief ins Whiskyglas geschaut?"

„Das ist noch nicht alles. Es kommt noch schlimmer!"

„Noch schlimmer?" fragte Born besorgt.

„Vor zwanzig Minuten wurde Jennifer Rossegger in ihrem Hotel

Opfer eines Mordanschlages. Sie erlitt lebensgefährliche Bauchstiche. Auf der Intensivstation des Krankenhauses kämpfen Ärzte um ihr Leben. Es sieht nicht gut aus. Dass sie überhaupt noch lebt hat sie dem Hotelgast zu verdanken, der ihr gegenüber wohnte. Ihr Leibwächter hatte allerdings weniger Glück. Ihm schnitt der Täter die Gurgel durch."

Bedächtig fragte Born: „Und was hat Boy mit dieser Sache zu tun?"

„Eine Verkehrsstreife überprüfte eine Corvette im Halteverbot hinter dem Astoria. Laut der Zulassungsnummer gehört der Wagen Welden. Die Männer öffneten den Wagen, und was glaubst du, fanden die Cops darin?"

„Ich habe keine Lust auf ein Quiz, Tom!"

„Sie fanden ein blutverschmiertes Stilett auf der Rückbank. Das Messer wird gerade im Labor untersucht. Ich sage dir aber jetzt schon, das ist die Tatwaffe mit der Miss Rossegger und der Leibwächter abgeschlachtet wurden. Was sagst du dazu, Amigo?"

„Ich bin mehr denn je davon überzeugt, dass du zu viel Bourbon gekippt hast! Du kennst Boy auch schon seit Jahren. Wie kannst du so einen Blödsinn faseln? Glaubst du, Boy ist so dilettantisch und schmeißt nach einem Mord das Tatwerkzeug in sein eigenes Auto? Das stinkt doch zum Himmel. Das muss sogar dir auffallen, Tom."

„Mag ja sein, dann sorge für eine schnelle Aufklärung der Geschichte. Ich denke, Welden wird sich bald bei dir melden. Sag ihm, dass er nur eine Chance hat. Er soll sich einen Gefallen tun und sich der Police stellen. Er steht zwischen allen Fronten. Axel Rossegger hat seine Bluthunde auf ihn angesetzt. Wir sind ihm auf den Fersen. Und

Pander klebt ihm auch noch im Nacken. Also mach's gut, Jeck".

Grußlos legte Born den Hörer auf. Was er jetzt brauchte, war ein dreistöckiger Bourbon. Er füllte ein Wasserglas halbvoll und leerte es auf einen Zug. Nochmal schenkte er nach und platzierte er sich mit dem Glas hinter dem Schreibtisch und rauchte eine Zigarette. Wenn nur die Hälfte davon stimmte was Tom da vorbrachte, saß Boy bis zum Hals in der Kloake. Weiß der Teufel wie er das wieder geschafft hatte.

Jeck versuchte sich abzulenken und dachte an Maureen. Er hatte sie nach Hause geschickt. Er war zu nervös wegen Welden. Konnte momentan mit ihr nichts anfangen. Dabei war Maureen das Beste, was ihm seit langer Zeit passiert ist. Sie war so locker, so unkompliziert, so unglaublich verständnisvoll und einfühlsam. Und sie brachte ihn zum Lachen. Maureen besaß mehr Sex im kleinen Finger wie manch andere Frau am ganzen Körper. Mit den Beziehungen zu den Frauen war das so eine Sache bei ihm. Meistens hielten sie nicht lange. Er war schon zu oft enttäuscht worden, als das er tiefere Gefühle entstehen ließ. Bei Maureen dachte er zum ersten Mal daran, eine längere Bindung einzugehen. Es musste ja nicht für ewig sein. Vielleicht für ein paar Wochen, ein paar Monate. Wenn sie zusammenleben wollten, wird er sich eine größere Wohnung suchen müssen...

Das Telefonläuten unterbrach seine Gedanken. „Ja?" sagte er in die Sprechmuschel.

„Wir sehen uns in einer halben Stunde", sagte Steven Boy Welden und dann tutete schon das Freizeichen.

Jeck Born trank den Rest Bourbon, rauchte die Zigarette zu Ende, schnallte den Schulterhalfter um, knöpfte das Sakko drüber. Bevor er

aus dem Büro ging, telefonierte er mit Maureen. „Darling, ich bin's.
Ich will dir nur sagen, mache dir keine Sorgen, wenn du längere Zeit
nichts von mir hörst. Es stehen turbulente Tage an. Bis bald, Baby.
Ich rufe dich wieder an." Ehe Maureen antworten konnte, hängte er
ein.

***

Immer wenn es Komplikationen gab und ihr Büro für eine Zusam-
menkunft ungeeignet war, trafen sich Jeck Born und Steven B. Welden in einem kleinen italienischen Restaurant im Herzen der Bronx.
Schon seit Jahren war dies ihr heimlicher Treffpunkt. Die Wirtin Mama Rosa Carleone gewährte ihnen zu jeder Zeit Unterschlupf. Sie
behandelte die beiden Detektive wie ihre Söhne. Vor Jahren befreiten
Welden und Born eines der Kinder aus den Fängen einer
Entführerbande. Seitdem gehörten sie zur Familie.
Die Nacht brach schon herein und Welden stellte den Streifenwagen
in einer Seitengasse ab. Über dunkle Hinterhöfe gelang Welden an das
Rückgebäude des Lokals und klopfte an das beleuchtete Küchenfens-
ter. Mama Rosa blickte heraus und schlug die Hände über den Kopf
zusammen, als sie ihn erkannte. Schnell holte sie ihn ins Haus. Er sah
fürchterlich aus. Halbnackt und ein blutunterlaufenes, zerschrammtes
Gesicht, das in sämtlichen Regenbogenfarben schillerte. Der entblößte
Oberkörper war blutverschmiert, aufgeplatzte Haut, überall blaue
Flecken. Er war lediglich mit einer Jeans bekleidet. Ohne eine einzige
Frage zu stellen, komplettierte ihn die Wirtin in das private Badezim-

65

mer. Einstweilen er sich duschte, legte sie ihm Ersatzkleider auf einen Schemel.

Inzwischen war auch Jeck Born eingetroffen. Er wartete in einem gemütlich eingerichteten Nebenraum auf Welden. Der erschien frisch gewaschen, eingekleidet mit einer alten Leinenhose und einem viel zu weiten Norwegerpulli. Im geschundenen Gesicht etliche Heftpflaster.

„Du siehst fabelhaft aus", begrüßte ihn Born. „Bist du gegen eine U-Bahn gelaufen?"

Welden verzog keine Miene. Übergangslos begann er mit der Schilderung der Tagesereignisse.

Anschließend berichtete Born von der Unterhaltung mit Tom Wyler. Als er von dem Mordversuch an Jennifer Douglas erzählte, wurde Welden blass um die Nase. Betroffen erkundigte er sich nach ihren gesundheitlichen Zustand.

„Ich weiß es nicht, wie es ihr geht, aber ich glaube nicht besonders gut", sagte Born bedauernd.

„Nun gut, du wirst herausfinden, in welcher Klinik Jennie untergebracht ist und auf sie aufpassen. Wenn der Mörder erfährt, dass Jennie am Leben ist, wird er nochmals versuchen, sie zu töten. Sei also auf der Hut."

„Das wird nicht nötig sein. Ich denke, die Cops bewachen Jennie rund um die Uhr."

„Trotzdem wäre es mir lieber, du würdest das übernehmen."

Okay, und was machst du?"

„Ich werde heute Nacht noch einmal Axel Rossegger aufsuchen. Das Schwein killte ein Mädchen. Das arme Ding war zur falschen Zeit am falschen Ort. Da er mich töten wollte, war es zu gefährlich für ihn, die Kleine am Leben zu lassen. Sie könnte ihn an die Bullen verpfeifen oder sogar erpressen. Sie musste beseitigt werden. Nachdem er sicher war, wir beide wären tot, fuhr er mit meiner Corvette zu Jennie ins Hotel und stellte sie zur Rede. Es kam zum Streit und er drehte durch und zückte das Messer."

„Klingt logisch und auch wieder nicht", sagte Born. Er steckte zwei Zigaretten an, reichte dem Freund eine, rauchte und trank vom Rotwein. Nachdenklich meinte er: „Mit dem Mädchen stimme ich dir zu. Das Motiv ist einleuchtend. Aber warum sollte er Jennie umbringen? Okay, er war krankhaft eifersüchtig. Aber er liebte sie. Er würde sie nicht töten. Und warum sollte er seinen Leibwächter ermorden? Der Mann war von ihm abhängig. Er würde nie gegen ihn aussagen. Und warum sollte Rossegger das Messer in deinen Wagen werfen? Du warst in seinen Augen bereits tot. Er musste dich nicht mehr belasten. Was ich auch nicht verstehe, wieso ließ er deine Karre nicht spurlos verschwinden? Wieso fährt er damit zum Hotel?"

„Alles Fragen, die nur Rossegger beantworten kann. Deshalb werde ich noch einmal mit ihm sprechen", sagte Welden.

Born warnte ihn: „Du solltest vorsichtig sein, wenn du bei Rossegger einsteigst. Seine Leibgarde schottet die Villa bestimmt ab. Die knallen dich nieder, sobald du nur deine Nasenspitze zeigst. Und vergiss nicht, auch die Bullen sind scharf auf dich."

„Hat Tom erwähnt, ob bei Jennie eine brennende Kerze hinterlassen wurde?"

„Eine brennende Kerze?" fragte Born irritiert.

„Na ja, mir fällt gerade ein, Rossegger erzählte mir bei unserem ersten Treffen, im Auto seiner ermordeten Tochter wurde eine rote Kerze gefunden. Auch der Cop, mit dem ich mich vor dem St. John Friedhof unterhielt, schwafelte was von einer ominösen Kerze."

„Nein, Tom erwähnte nichts dergleichen. Wo siehst du eine Verbindung zwischen einem Friedhofswächter und Marie Lena? Nur weil zufällig bei beiden irgendeine Kerze herumstand?"

„Ich habe keine Ahnung. Aber die Sache mit den Kerzen ist eine wenig suspekt."

Born griff zum Telefon. „Hallo, Tom, ich bin's Jeck, - nein, ich habe keine Ahnung, wo sich Boy herumtreibt. Er hat sich noch nicht bei mir gemeldet. - Tom, beruhige dich. Ich kann dir nicht sagen, wo Boy ist, weil ich es nicht weiß. Glaube mir oder glaube mir nicht- Jetzt beantworte mir nur eine Frage. Als ihr Jennifer Rossegger aufgefunden habt, war da im Appartement eine brennende Kerze?"

Weit hielt Jeck den Hörer vom Ohr weg und der Polizist bellte so laut, dass sogar Boy jedes Wort verstehen konnte: „Zum Teufel, Jeck! Woher hast du das schon wieder. Niemand weiß davon. Nur die Police und der Mörder. Du verdammter Lügner, du weißt, wo Welden ist. Er ist bei dir, richtig? Er sitzt neben dir und lacht sich ins Fäustchen."

„Bleib ruhig, Tom. Du weißt doch Boy ist kein Mörder. Also entspann dich. Was ist mit dem Mann, der Jennifer entdeckte und euch benachrichtigte? Ist der sauber?"

„Das ist ein Geschäftsmann aus Portland. Wir haben ihn überprüft. Er ist integer. Der Mann ist fünfzig Jahre, hat mit dem Anschlag absolut nichts zu tun. Im Gegenteil, er leistete erste Hilfe, stoppte den großen

Blutverlust von Miss Rossegger und rettete ihr wahrscheinlich das Leben. "

„Frag ihn ob Walter Cobin Nachtdienst hatte", warf Welden leise dazwischen.

Verwundert sah ihn Born an.

„Frag ihn", forderte der ihn erneut auf.

„Sag mal, Tom, wer hatte Nachtdienst gestern im Astoria?", erkundigte sich Born.

„So viel mir bekannt ist, war Walter Cobin, der diensthabende Portier. Wieso fragst du, Jeck?"

„Aus keinem besonderen Grund. Ich bin nur neugierig, Tom, also bis dann." Abrupt beendete Born das Gespräch.

Nachdenklich sagte Welden: „Wir haben drei Morde und drei brennende Kerzen. Ein Indiz für den einen und denselben Täter. Nur mir fehlt jedes Motiv. Warum sollte Axel Rossegger Tochter und Frau killen? Und welche Rolle spielt der Friedhofswärter?"

„Ich glaube nicht, dass Rossegger etwas mit den Morden zu tun hat. Mir scheint eher, irgendwer will sich an ihm rächen und tötete die, welche ihm am nächsten stehen."

Schweigend rauchten sie ihre Zigaretten zu Ende und hingen den Gedanken nach.

Unvermittelt fragte Welden: „Was ist mit Axels Bruder, wie hieß er noch ...?"

„Die meinst Carl Rossegger, der in der Klapsmühle sitzt?", sagte Born überrascht.

***

Jeck Born traf im Memorial Hospital in der York Avenue ziemlich spät ein. Der Besuchszeit war schon lange vorüber. Am Empfang tat eine junge, blonde Krankenschwester ihre Arbeit. Erfreut über die Störung ihrer langweiligen Nachtschicht plauderte sie bereitwillig über seine Fragen. Sie sagte ihm, dass die Patientin Jennifer Rossegger auf einer Intensivstation läge und keinerlei Besuch empfangen dürfte.

Charmant lächelte Born: „Keine Sorge, schönes Kind. Ich will nur einen Blick auf die Kranke werfen und ihr den Blumenstrauß überbringen. Das dauert nur eine Minute. Dann bin ich wieder weg.“

Die Krankenschwester bewunderte den üppigen Blumenstrauß in seiner Hand und seufzte: „So ein Bouquet möchte ich auch einmal geschenkt bekommen. Aber mein Freund ist da viel zu geizig dazu.“ Weit Born beugte sich zu ihr über das Pult. „Ich verspreche Ihnen, das nächste Mal bringe ich für Sie einen kleinen Strauß mit. Als Dankeschön.“

„Wirklich?“ hauchte sie.

„Versprochen ist versprochen“, sagte er.

„Ihre Freundin liegt auf Zimmer 13“, sagte die blonde Schwester mit zartroten Wangen. „Aber sie müssen mit dem Polizisten reden, der die Tür bewacht.“

Aber Born war schon im Gehen. Er marschierte die kahlen Gänge hindurch. Im Krankenhaus hatte er immer ein unangenehmes Gefühl. Da waren die typischen Gerüche. Es roch nach Medizin, nach steriler Sauberkeit, nach Krankheit und Tod.

Entgegen der Aussage der Nachtschwester war weit und breit kein Polizist zu sehen. Das ärgerte ihn. Ein Mörder hätte hier leichtes Spiel, um sein Opfer zu erledigen.

Ungehindert konnte Born die Tür öffnen.

Lediglich eine Notbeleuchtung erhellte dürftig das Krankenzimmer

Bei Jennifer Rossegger stand eine schwergewichtige Person im weißen Kittel, welche sich gerade über das Bett streckte und an den Infusionsflaschen hantierte.

Gedämpft, um den Mediziner nicht zu erschrecken, sagte Born: „Guten Abend, Doc, wie geht's dem Patienten?"

Unwillkürlich fuhr die Gestalt kerzengerade hoch und schnellte auf geräuschlosen Gummisohlen herum.

Verdutzt starrte Born in ein strumpfhosenmaskiertes Gesicht, in dem drei Löcher für Augen und Mund ausgeschnitten waren. In den Pupillen leuchtete das gespenstische Weiß. Der vermeintliche Doktor hielt eine Schere in der Hand.

„He, du bist gar kein Arzt", fluchte Born. „Du bist ..." Er ließ den Blumenstrauß fallen und griff zum Schulterhalfter.

Verblüffend schnell bewegte sich der massige Mann auf Born zu. Der kam nicht mehr dazu, den Revolver zu ziehen. Ein mächtiger Magenschwinger schleuderte ihn gegen die weißgetünchte Wand. Instinktiv versuchte er noch, den nachfolgenden Schlag abzublocken. Doch die Faust wischte seine Arme beiseite, als wären sie nicht vorhanden und explodierte an seinem Kinn. Er sah nur noch Sterne blinken, der Boden tat sich auf und verschlang ihn.

Der für sein Körpergewicht überaus leichtfüßige Eindringling, sprang über den Benommenen hinweg zum Ausgang.

Unfähig musste Born dem Flüchtenden hinterher sehen. Er schaffte es nicht, sich sofort aufzurappeln. So einfach war der Fausthieb nicht zu verarbeiten. Endlich stemmte er sich hoch und stolperte mit weichen Knien zum Krankenbett. Jennifer lag da wie eine aufgebahrte Tote in einem offenen Sarg. Schneeweiß wie ein frisch gewaschenes Segeltuch. Die Augenlider geschlossen, der blasse Mund atmete nicht mehr. Auf den ersten Blick erkannte Born keine frische Verletzung an Jennifer. Dann begriff er schlagartig.

Der Schlauch, der von der Infusionsflasche zu Jennifers Armvenen führte, war durchgetrennt und aus dem losen Ende tröpfelte unaufhörlich das lebensnotwendige Blutplasma ins Leere.

Born griff nach Jennifers schlaffem Handgelenk und ertastete keinen Puls. Er legte das Ohr an ihren Mund und er spürte auch keinen Atem. Wie gebannt fixierte er den Oxylographen über ihrem Bett. Die Leitungsenden waren mit Saugknöpfen an Jennifers Brust angeschlossen und sollten die Herzschläge auf dem Bildschirm übertragen. Aber am Monitor zeigte sich lediglich eine fast gerade verlaufende Wellenlinie. Hastig drückte Born den Notrufschalter für die Dienst habende Nachtschwester. Er rannte aus dem Zimmer und schrie in den menschenleeren Flur hinein: „Verdammt noch mal, wo bleibt der Doktor? Hier stirbt ein Mensch. Ich brauche Hilfe. Wacht endlich auf, oder ich mache euch Feuer unter dem Arsch!" Seine Schreie hallten in den engen Wänden wider und rissen manchen Kranken aus dem Tiefschlaf.

Erregt lief Born den langen Korridor hinunter. Endlich, ihm erschien es wie eine Ewigkeit, kam ihm ein Mediziner entgegen. Gefolgt von der beunruhigten, blonden Nachtschwester und einem Cop mit dem

Revolver in der Hand.

„Schneller, Doc, beeil dich. Sie stirbt, sie stirbt …", trieb Born den Notarzt an.

Der schob ihn vor der Tür energisch zur Seite. Einen Blick auf das Bett und er erfasste sofort die brenzlige Lage. „Scheiße!", sagte er und zu Born: „Bleiben Sie draußen, Mann."

Erschöpft lehnte sich Born im Gang gegen die Mauer. Misstrauisch beäugte ihn der Cop. „Sie werden mir das erklären müssen, Mister? Wer sind Sie und was treiben Sie mitten in der Nacht hier im Hospital?"

Verständnislos gaffte ihn Born an. „Was ist?"

„Ich will wissen, was Sie zu dieser Zeit hier suchen."

Plötzliche Wut brach aus Born. Er packte den Cop am Uniformkragen, ungeachtet der auf ihn gehaltenen Waffe, zog ihn zu sich heran und fauchte: „Du Scheißbulle, wo hast du dich herumgetrieben? Wieso warst du nicht auf deinem Platz? Du solltest doch auf die Patientin aufpassen!"

Der Beamte stieß Born zurück. „Was soll das, Mister. Wieso machst du mich an? Ich war keine fünf Minuten weg, ich musste auf die Toilette."

„Scheiße Mann, diese fünf Minuten hätten für den Killer beinahe gereicht, um die Frau endgültig zu töten."

Böse stierte Born den Cop an. Eigentlich war er zorniger auf sich, als auf ihn. Er konnte nur hoffen, dass Jennifer nicht stirbt. Denn das wird ihm Welden nie verzeihen. Er wird ihm vorwerfen versagt zu haben. Jeck sollte die Schwerverletzte beschützen und konnte den Mordanschlag nicht verhindern. Dafür gab es keine Entschuldigung.

Auf einmal spürte Jeck Born die Schmerzen im lädierten Gesicht. Aber er wusste das war das geringste Übel. Schlimmer wird es sein Welden die unangenehme Nachricht zu vermitteln.

***

Etwa zur gleichen Zeit fuhr Steven B. Welden mit einem Taxi zu Rosseggers Villa. Er stieg zwei Straßen vorher aus und ging den Rest des Weges zu Fuß.

Das Domizil war hell erleuchtet. Ein über den Türbalken angebrachter Scheinwerfer bestrahlte den steinernen Weg vom Gartentor zum Hauseingang. An allen Fenstern waren die Fenstervorhänge vorgezogen. Aber es schimmerte Licht durch.

So unauffällig wie möglich schlenderte Welden mehrere Male vor dem Anwesen auf und ab. Dabei fiel ihm nichts Verdächtiges auf. Die Villa schien nicht observiert zu werden. Möglicherweise fühlte sich Rossegger sehr sicher.

Noch einmal übersah er die Straße. Niemand zu sehen, niemand interessierte sich für ihn. Er holte den Revolver aus dem Hosengürtel und betrat das Grundstück. Sein Körper projektierte unter dem Scheinwerferlicht einen übermächtigen Schatten auf den Weg. Er fühlte sich wie auf einem Präsentierteller. Um ihn herum nur tödliche Stille. Kein Windhauch bewegte die Luft. Die Nacht hielt den Atem an.

Unbehelligt erreichte Welden den Hauseingang. Misstrauisch erkannte er, dass die schwere Eichentür nur angelehnt war. ‚Was ist hier los?', fragte er sich und witterte die nahe Bedrohung.

Gefahr in Verzug.

Er nahm den Colt fester in die Hand und kickte mit dem Fuß gegen die Tür.

Die Diele war ziemlich finster und Welden vermochte nicht viel zu sehen. Unklare Umrisse der Garderobe, eines Spiegel, eines Kleiderständers. Dann erblickte er auf dem Laminatboden einen leblosen Körper. Angespannt hielt er die Waffe darauf. „Hallo?" sagte er laut und die eigene Stimme klang ihm fremd.

Die Gestalt rührte sich nicht.

Mit dem Ellenbogen drückte Welden den Lichtschalter. Die Wandlampe flammte auf und blendete ihn sekundenlang. Er kniete zu dem Leblosen und drehte ihn auf den Rücken. Vor ihm lag der tote Johnny in einer riesigen Blutlache. Die Kehle aufgeschlitzt von einem Ohr zum anderen.

Angeekelt richtete sich Welden auf. Er wischte die besudelte Hand am Hosenbein des Ermordeten ab.

Drei Türen grenzten an dem Hausflur. Eine führte zu dem Wohnzimmer, in dem Welden von Harry und Johnny am späten Nachmittag zusammengeschlagen wurde. Hinter den beiden anderen lagen wahrscheinlich das Gäste- und das Schlafzimmer. Aufs Geradewohl steuerte Welden den Wohnraum an und der Teppich schluckte jegliches Geräusch. Entschlossen trat er ein. Er stand in dem hell erleuchteten, feudal eingerichteten Salon, in dem er von Rosseggers Männern zusammengeknüppelt wurde.

Der Raum war eiskalt und Welden fror.

In einem der Sessel, die Rückenlehne war Welden zugewandt, hockte ein Mann mit seitlich abgeknicktem Haupt. Der Arm hing abwärts. Unweit eines kleinen Tischchens, auf dem der Telefonapparat zum Greifen nah platziert war. Und doch für den Anrufer nicht mehr erreichbar.

Langsam näherte sich Welden. „Mr. Rossegger?"

Der silberhaarige Mann im Sessel antwortete nicht.

„Hallo, Mr. Rossegger", wiederholte Welden.

Wiederum kein Lebenszeichen.

Nun steckte Welden den Colt in den Hosengürtel und legte dem Mann von hinten die Hand auf die Schulter. Leicht geschockt zuckte seine Hand zurück, als der Körper dem Druck nachgab und nach vorne sackte. Er rutschte vom Sessel und schlug dumpf auf den Vorleger auf.

Zum zweiten Male wendete Welden eine leblose Gestalt. Erneut tauchte er die Hände in warmes Blut. Axel Rosseggers Gesicht, oder was davon noch übrig war, war furchtbar entstellt. Jemand hatte ihn bestialisch gefoltert.

Ein plötzlicher Brechreiz würgte Welden.

Rossegger starb eines langen, qualvollen Todes. Das Antlitz und der Brustkorb von unzähligen Messerschnitten verstümmelt. Erst zum Ende trennte ihm der Mörder die Kehle durch. Doch das muss für Rossegger die Erlösung gewesen sein. Eigentlich hielt sich Welden für einen abgebrühten Detektiv. Einen den nichts mehr erschüttern konnte. Aber dieses abscheuliche Verbrechen ging ihm über den Verstand. So einem Tod wünschte er seinen ärgsten Feind nicht.

Etwas zu eilig suchte er das Bad auf. Er drehte den Leitungshahn über dem Waschbecken auf und reinigte die Hände. Das Blut löste sich von der Haut und vermischte sich mit dem fließenden Wasser und verschwand gurgelnd im Abguss. Er ließ das eiskalte Wasser übers Gesicht laufen und trocknete sich ab. Allmählich hatte er sich wieder unter Kontrolle.

Abgespannt sackte Welden in das Kanapee und zündete sich eine Zigarette an. Wer tötete Axel Rossegger? Wer wurde von so einem abgrundtiefen Hass getrieben? Den düsteren Gedanken nachhängend blickte Welden auf den Marmortisch. Und jetzt erst registrierte er die rote brennende Wachskerze. Das Erkennungszeichen des Mörders. Seht her, ich war es. Seht meine Visitenkarte. Ich kann alle töten, die ich töten will. Niemand kann mich aufhalten.

„Du verdammter Hurenbock", krächzte eine Stimme durch das Wohnzimmer und Welden schreckte aus der Lethargie.

Auf der Türschwelle tauchte der hin und her schwankende Harry auf. Nur mit Mühe gelang es ihm, auf den Beinen zu bleiben. Er zielte mit einem Revolver auf Welden, aber die Hand wackelte stark.

Harry war mehr tot als lebendig. Eine hässliche Schnittwunde am Hals, blutverschmiertes Hemd. Die freie Hand presste die Verletzung zu. Doch die Blutung war nicht zu stillen. Die Kraft um auf Welden zu schießen fehlte ihm. Zu viel Blut verloren. Er stürzte wie ein gefällter Baum und rührte sich nicht mehr.

Der Killer musste Harry im Garten erwischt haben. Mit allerletzter Anstrengung schleppte sich der Sterbende noch hierher. Er wollte seinem Boss bis zum bitteren Ende beistehen, aber das schaffte er nicht mehr.

Die barbarische Arbeit des Mörders war getan. Es gab keinen überlebenden Zeugen.

Nur um sich abzulenken, begann Welden das Wohnzimmer zu inspizieren. Er wusste nicht, nach was er suchte. Er öffnete Schubläden und Schranktüren. Er fand nichts Auffälliges.

Draußen auf der Straße erwachte die Nacht zum Leben. Jaulende Polizeisirenen zerrissen die Stille, Reifen kreischten auf trockenem Asphalt, Motoren heulten auf, kurz darauf laute, hektische Stimmen.

Ruhig wartete Welden ab.

Sekunden später stürmten eine Horde Cops in das Wohnzimmer. Kugelsichere Westen umgehängt, Schutzhelme auf, bis zu den Zähnen bewaffnet. Die Jungs waren auf Kriegspfad. Blitzschnell verteilten sie sich im Raum. Zwei Mann bückten sich über die Leichen und ein anderer brüllte Welden an: „Keine falsche Bewegung, Mister oder ich durchlöchere dich wie ein Kaffeesieb. Streck deine Pfoten gegen die Decke!"

Ungefähr zehn Revolvermündungen zeigten auf Welden und der folgte wortlos den Befehl.

„Die Drei sind mausetot, die brauchen keinen Arzt mehr", meldete ein Polizist, nachdem er die Toten überprüft hatte.

Ein Mann im hellen Trenchcoat betrat das Zimmer. Ironisch grüßte er den Detektiv: „Guten Abend, Mr. Welden. Sie haben solide Arbeit geleistet. Drei Tote auf einem Schlag. Respekt!"

„Damit habe ich nicht das geringste zu tun", verteidigte sich Welden und seine hochgestreckten Arme begannen zu erlahmen.

Lieutnant Sam Brooker nickte gelassen: „Natürlich nicht. Purer Zufall, dass wir Sie immer dort eintreffen, wo es Tote gibt."

„Ich kann wirklich nichts dafür", sagte Welden.

„Sieh nach, ob er eine Kanone trägt", wandte sich Brooker an den nächststehenden Sergeanten. Diensteifrig klopfte der Welden ab und zog ihm die Smith&Wesson aus dem Hosengürtel. Dann schnupperte er am Revolverlauf und sagte: „Daraus wurde nicht geschossen, Lieutnant."

„Natürlich nicht, du Dummkopf. Siehst du irgendwo eine Leiche mit einer Kugel?" konterte Brooker. „Der Killer hat ihnen alle den Rachen durchgeschnitten. Okay, ich will, dass ihr die Bude auf den Kopf stellt. Bringt mir das Mordwerkzeug. Ich will das Messer!"

Wie Hornissen schwärmten die Polizisten auseinander und starteten die Durchsuchung.

Mit verkniffener Miene fragte Welden: „Kann ich die Hände runternehmen, Lieutnant? Sie fallen mir sowieso schon ab." Eigentlich wunderte er sich, warum Brooker ihm keine Handschellen verpasste.

„Okay, meinetwegen können Sie auch eine rauchen", sagte Brooker.

„Sie sind so gut zu mir", erwiderte Welden und zündete sich einen Glimmstängel an.

Aus schmalen Augen musterte ihn Brooker. Schließlich sagte er: „Klären Sie mich auf, Mr. Welden. Und bleiben Sie bei der Wahrheit. Sonst sperre ich Sie ein, bis sie schwarz werden. Ich will wissen, was hier passiert ist. Was für ein Spiel läuft hier? Und welchen Part spielen Sie?" Brooker war bekannt als eisenharter Polizist. Unbestechlich, korrekt und fair. Hin und wieder gerieten er und Welden in speziellen Fällen aneinander. Manchmal gab es auch Reibereien. Aber die wurden stets bereinigt. Die beiden Männer respektierten sich.

Also erzählte Welden die ganze Geschichte. „Es begann damit, dass mich Axel Rossegger heute Vormittag in meinem Büro anrief ..."

Kein einziges Mal unterbrach ihn Brooker. Erst als Welden den Bericht beendete, sagte er staunend: „Was für eine atemberaubende Story. Sie klingt so unwahrscheinlich, dass sie schon wieder wahr sein könnte. Und wer ist Ihrer Meinung nach, der ominöse Unbekannte, der alle Rosseggers killen will?"

Ungerührt zermahlte Welden den Zigarettenstummel im Ascher und sagte leichthin: „Dafür sind Sie zuständig, Brooker. Sie sind der Bulle. Ich bin nur der Schmalspurschnüffler ohne offiziellen Auftrag."

„Wirklich? Ich dachte immer, Sie sind der Superdetektiv und haben den Fall schon geknackt", spöttelte Brooker.

Darauf ging Welden nicht ein. Er zeigte auf die halb heruntergebrannte Kerze. „Das einzige Beweisstück, das der Mörder bei seinen Leichen zurückließ. Ermitteln Sie, welcher Laden in New York in letzter Zeit einen erhöhten Kerzenverkauf getätigt hat, überwachen Sie die Käufer und sie schnappen den Killer. Das ist ein Kinderspiel. Dieses ungewöhnliche Wachslicht gibt es Millionenmal in tausenden Geschäften."

„Sie sind ein wahrer Witzbold", kommentierte Brooker humorlos.

Grinsend sagte Welden: „Ja, ich weiß. Aber ich habe einen Verdächtigen."

„Da bin ich aber neugierig."

„Axel Rossegger hat einen Bruder, der ihn nicht besonders gut leiden kann."

Brooker schüttelte den Kopf: „Sie meinen den verrückten Carl? Da sind Sie auf dem Holzweg. Der ist meschugge in der Birne. Der tötet niemanden. Der ist auf ewige Zeiten in der Klapsmühle verwahrt."

„Ich nehme an, das haben Ihre akribischen Beamten an Ort und Stelle überprüft."

„Es gab keinen Grund extra zur Anstalt zu fahren. Da genügten ein Anruf und eine Nachfrage. Mir wurde versichert, dass Carl Rossegger weder zu Tag noch zur Nachtzeit seine Einzelzelle unbeaufsichtigt verlassen kann."

„Und damit geben Sie sich zufrieden?"

Ärgerlich sagte Brooker: „Warum nicht? Warum sollten wir der Klinikdirektion misstrauen?"

Die Cops kamen von der Hausdurchsuchung zurück. An ihren Gesichtern war unschwer abzulesen, dass sie nicht sehr fündig geworden sind. Bedauernd zuckten sie mit den Achseln.

„Vielleicht findet ihr noch brauchbare Fingerabdrücke", sagte Brooker zu ihnen. „Dort am Telefonhörer, an der Kerze, an den Türklinken. Oder sonst wo."

„An den Wasserhähnen im Bad sind meine Prints", warf Welden ein.

Dem Sergeanten, der Welden den Revolver abgenommen hatte, ordnete Brooker an, die Waffe wieder auszuhändigen. Der tat das sehr unwillig. Wahrscheinlich verstand er das nicht. Schließlich ertappten sie am Tatort einen Verdächtigen. Und den ließ der Lieutnant einfach laufen?

Kommentarlos schob Welden den Colt in den Hosenbund.

Zu seinen Männern sagte Brooker: „Verständigt den Leichenbeschauer und wartet, bis die Toten abtransportiert sind. Dann versiegelt die Haustür und macht Feierabend."

Gemeinsam mit Welden ging er auf die Straße. Dort empfingen sie fünf Polizeiwagen mit eingeschaltetem Blaulicht und eine sensationslüsterne Schar von Zaungästen. Teilweise in Schlafklamotten.

Unwillkürlich drehte sich Brooker zu Welden: „Ich kann es vor meinem Captain verantworten, Sie 48 Stunden frei herumlaufen zu lassen. Sollten Sie oder wir in dieser Zeit den Mörder nicht erwischen, sind Sie dran. Dann muss ich Sie festnehmen. Dann sind Sie mein Hauptverdächtiger. Auch die Sache mit Ihnen und dem ertrunkenem Teenager aus dem Swimmingpool ist nicht aus der Welt. Die beiden Cops bestätigen weiterhin, dass Sie den Leichnam aus dem Wasser hievten. Zudem ist die Frage noch offen, wie in ihr Auto das Messer gelangte, mit dem Rosseggers Leibwächter getötet und seine Frau Jennifer lebensbedrohlich niedergestochen wurde. Es sieht nicht besonders gut für Sie aus, Welden. Also denken Sie daran, bringen Sie mir den Killer, sonst halte ich mich an Ihnen schadlos. Ich brauche einen Schuldigen für die Öffentlichkeit. Und wenn ich keinen finde, präsentiere ich einfach Sie."

„Ich danke ihnen, Brooker. Sie sind ein echter Menschenfreund."

„So bin ich einfach. Ich bin bekannt für meine Herzenswärme", feixte der Lieutnant.

„Darauf wette ich", konterte Welden.

Aufmunternd klopfte ihm Brooker auf die Schulter: „Kopf hoch, Steven. Noch können Sie ihren Hals aus der Schlinge ziehen. – Halt, da fällt mir noch was ein. Irgendwer klaute heute Abend aus dem Kfz-Verwahrungshof des 14. Distrikts ihren Wagen. Haben Sie da ihre Finger im Spiel?"

Verblüfft blickte Welden den Lieutnant an: „Ist das Ihr Ernst, Brooker. Meine Corvette wurde von euern Hof entwendet? Unter euer Polizeiaufsicht? Was ist nur los mit euch Cops? Zuerst lässt ihr einen schießwütigen Exsträfling entfliehen, der mir permanent das Leben auspusten will, dann stibitzt man mitten aus dem Hochsicherheitstrakt der New Yorker Police mein Auto. Was seid ihr nur für ein Haufen Debütanten."

Darauf wusste selbst Lieutnant Sam Brooker keine Antwort.

***

Halb ausgekleidet, lediglich die Hose hatte Welden anbehalten, lag er auf der Besuchercouch in seinem Büro. Er war todmüde und konnte doch nicht schlafen. Nach längerem vor sich her sinnieren, schenkte er sich einen Whisky ein, rauchte eine Zigarette. Er dachte an Jennifer. Gleich morgen früh wird er sie im Krankenhaus aufsuchen. Vielleicht ging es ihr dann schon besser. Jetzt war Jeck bei ihr. Da musste er sich keine Sorgen machen. Jeck wird auf sie aufpassen.

Rastlos wanderte Welden das Zimmer auf und ab. Wer war der unbekannte Unhold, der die Rosseggers vernichten wollte? War es wirklich Carl, der geistesgestörte Bruder? Er hatte ein Motiv, unbestreitbar. Durch Axel verlor er alles, was er je besaß. Reichtum und Frauen und nicht zuletzt die Freiheit. Welch abgrundtiefer Hass musste in seiner verletzten Seele toben. Hass gegen den leibhaftigen Bruder.

Er legte sich wieder auf den Diwan.

Die zerschossene Fensterscheibe war noch nicht ersetzt worden. Die an- und ausgehenden Leuchtreklamen des gegenüberliegenden Tanzlokales produzierten bunte Lichtbilder an die Zimmerwände. Kein Windhauch blähte die Gardinen auf. Dumpfe Hitze lagerte im Zimmer.

Schlaflos rollte sich Welden hin und her. Ihm fiel der Nachtportier Walter Cobin ein. Er war Augenzeuge, als Jennifer ihre Stieftochter Marie Lena tot im Auto fand und hatte auch Dienst als der Anschlag auf Jennifer passierte. Immer nur Zufall? Welden wird diesen Mann aufsuchen und sich mit ihm unterhalten müssen. Da war zufiel Ungereimtes.

Irgendwann schlief er dann doch ein. Wirre Träume beschäftigten ihn. Ein Geräusch weckte ihn aus dem unsteten Schlaf. Er glaubte, gedämpfte Schritte zu hören. Das wird Jeck sein, dachte er und war zu müde sich umzudrehen.

Die Schritte verstummten vor der Tür.

Sekundenlang wartete er auf das Eintreten des Freundes. Doch nichts passierte.

‚Wahrscheinlich höre ich schon Gespenster‘, dachte er und döste wieder ein.

Erneut schreckte ihn ein Laut auf und augenblicklich wurde er hellwach. Sein Gesicht war der Rückenlehne der Couch zugewandt und er spürte, er war nicht mehr allein. Die Nerven spannten sich und die Nackenhaare stellten sich hoch. Winzige Schweißperlen bildeten sich auf seiner Stirn. Verdammt, er bot ein grandioses Ziel im Glanz der Neonlichter. Er lag hier wehrlos wie ein Maikäfer. Den Revolver hatte er unter die Couch geschoben. Unerreichbar weit weg. Unmerklich versuchte er, seine ungünstige Position zu ändern. Sein Arm rutschte auf den Teppichboden hinunter. Er konnte nur hoffen, dass die Bewegung nicht zu auffällig war und der unbekannte Eindringling keinen Verdacht schöpfte. Aber kein Warnruf erfolgte, keine Pistole krachte. Millimeter für Millimeter suchte seine Hand unter der Couch nach der Waffe. Teufel, wo war nur der Schießprügel?

Endlich ertastete Welden den glatten Revolvergriff. Innerlich frohlockte er. Noch einmal atmete er tief ein, rieb sich den Stirnschweiß am Polsterstoff ab, konzentrierte sich mit allen Fasern. Dann handelte er rasend schnell. Er krallte sich den Colt, kugelte sich von Liege, prallte auf den Teppich und kniete sich hoch. Orientierungslos fuchtelte er beidhändig mit der Waffe in der Luft umher. Er fand kein Ziel. Er war allein im Raum. Da war niemand außer ihm.

Die Zimmertür stand halb offen und er war sich sicher, sie geschlossen zu haben. Demnach hatte er sich nicht getäuscht. Jemand war bei ihm eingedrungen. Der Beweis war die kleine, brennende Kerze auf dem Schreibtisch. Die Flamme flackerte im leichten Windzug auf und nieder. Welden schnallte es nicht. Das war doch unmöglich. Das konnte doch nur ein Albtraum sein. Dieser Hurenbock von Killer verarschte ihn. Kaltblütig marschierte er mitten in der Nacht in die Detektei und zündete seelenruhig eine Kerze an, während Welden den Schlaf des Gerechten pennte. Eine Verhöhnung pur und zudem eine tödliche Warnung. Pass auf dich auf, Steven Boy Welden, ich kann dich überall und zu jeder Zeit töten. Wo immer du bist und wann immer ich will. Du bist in meiner Hand.

In diesem Moment knallte die Außentür zu. Der Frustration folgte die Wut. Wild rannte Welden aus der Detektei, durch den Flur hinaus in den Korridor. Er sah gerade noch eine Silhouette über die Treppen zum Erdgeschoss huschen. Sofort feuerte Welden den Revolver ab. Die Kugel sprengte den Verputz vom Mauerwerk. Er hetzte den Schatten hinterher. „Ich kriege dich", rief er lauthals und sprang vier Stufen auf einmal hinab.

Ein höhnisches Gekicher antwortete ihm eine Etage tiefer und steigerte seinen Zorn. Er beugte sich über das Geländer und schoss blindlings nach unten. Dann jagte er keuchend weiter. Bis zum Parterre waren es noch zwei Stockwerke und die Treppe schien kein Ende zu nehmen. Und so sehr er sich auch die Lunge aus dem Leib rannte, er näherte sich dem Flüchtling keinen Meter. Wieso war der Bastard so schnell?

Atemlos erreichte er die Ebene, hastete aus dem Gebäude und stand mit schussbereiter Waffe auf dem taghell erleuchteten Bürgersteig. Halb unbekleidet belauerte er die wenig befahrene Hauptstraße. Dabei schnaufte er wie ein altes Walross. Er musste wirklich mal was für seine Fitness unternehmen.

Um drei Uhr früh morgens tat sich in dieser Gegend nicht mal in New York Aufregendes. Lediglich eine Hand voll Spätheimkehrer torkelte ihm mitten auf der Fahrbahn entgegen.

Aufgeregt drehte er sich auf der Stelle im Kreis, blickte nach allen Richtungen. Nicht die geringste Spur von dem Flüchtigen. Der hatte sich in Luft aufgelöst.

Allmählich näherte sich die johlende Männerschar und Welden verbarg die Hand mit dem Revolver hinter seinen Rücken.

Unvermittelt röhrte ein Motor auf, eine Kupplung kreischte, Räder drehten durch und jäh schoss ein Wagen wie eine Rakete aus einer Reihe von parkenden Fahrzeugen heraus und steuerte frontal auf die Betrunkenen zu. Einer blickte zufällig nach hinten, erkannte die brenzlige Lage, warnte mit lauten Rufen und fuhrwerkte aufgeregt mit den Armen. Die Männer konnten sich nur mit einem waghalsigen Sprung zur Seite retten. In einem Höllentempo schlitterte das Gefährt zuerst an ihnen und dann an den verdutzten Welden vorbei, die Straße hinunter und bog auf zwei Rädern in die Nebengasse hinein. Für Sekunden leuchteten noch die Bremslichter auf. Danach war der Spuk vorüber.

Schimpfend halfen sich die Nachtschwärmer gegenseitig auf die Beine und zeigten die erhobenen Fäuste. Gottseidank schien niemand ernsthafter verletzt.

Indes verharrte Welden wie ein Denkmal und verstand die Welt nicht mehr. Das war auch schwer zu verstehen. Denn letztlich bretterte direkt vor seiner Nase die eigene Chevrolet Corvette vorbei. Laut sagte er zu sich selber: „Nimm es leicht, Boy, nimm es leicht. Es kommen auch wieder bessere Zeiten.“

***

Das Telefon läutete Steven B. Welden aus dem Dämmerschlaf. Er blinzelte mit den Augen in das helle Tageslicht. Warme Sonnenstrah-

87

len fluteten in das Zimmer. Irgendwie fühlte er sich wie erschlagen. Alle Glieder schienen eingerostet, jeder Muskel tat weh und er konnte sich kaum bewegen.

Unerbittlich klingelte das Telefon weiter und er griff zum Hörer. "Was ist?"

„Morgen, Boy", meldete sich Jeck Born.

Verstohlen blickte Welden auf seine Armbanduhr. Halb zehn Uhr Vormittag. Er war unausgeschlafen, miesepetrig und hungrig.

„Was ist, Boy? Bist du noch dran?" fragte Born.

„Jaja, natürlich, ich bin nur noch nicht richtig munter. Was gibt's, Jeck?" brummelte Welden.

„Ich sage es dir nicht gerne, aber ich habe eine schlechte Nachricht für dich."

„Verdammt, was ist passiert? Ist was mit Jennifer?" Augenblicklich war Welden putzmunter. Kerzengerade setzte er sich auf.

Ohne lange um den Brei zu reden berichtete Born: „Jemand wollte gestern Abend Jennifer im Krankenhaus töten."

Drei Sekunden war Schweigen, dann brüllte es aus Welden heraus: „Sei verflucht, Jeck! Du solltest doch auf Jennie aufpassen. Was ist ihr zugestoßen, ist sie ... ist sie ..."

„Keine Sorge, Boy. Jennifer wird überleben. Mann, ich kann nichts dafür. Mach mir keine Vorwürfe. Der Wachmann war nur fünf Minuten auf dem Klo. In dieser Zeit schlich der Unbekannte in Jennifers Krankenzimmer. Es war reiner Dusel, dass ich rechtzeitig dazukam. Der Hundesohn schnitt gerade die Schläuche für Jennifers notwendige Bluttransfusion entzwei."

„Und Jennie geht es wirklich gut?" erkundigte sich Welden noch einmal. Und er beruhigte sich etwas.

„Ja, der Arzt war blitzschnell da. Jennifer geht es den Umständen entsprechend gut. Sie wird hervorragend versorgt."

„Und hast du diesen Mistkerl geschnappt? Hast du ihm die Fresse poliert?"

„Nein, er ist mir durch die Lappen gegangen."

„Er ist dir entwischt? Ich glaube es nicht. Du hast ihn gestellt und er ist dir trotzdem abgehauen. Sag mir, dass das nicht wahr ist."

„Er hat mich überrascht."

„Das darf doch nicht wahr sein. Menschenskind, Jeck. Hast du den Kerl wenigstens erkannt?"

„Auch das nicht. Er war maskiert. Aber er ist ein Bär von Mann. Zwei Meter groß, zweihundert Kilo schwer. Und seine Faust ist wie ein Dampfhammer."

Darauf schwieg Welden sekundenlang.

„He, Boy, was ist? Bis du noch dran?"

Bedächtig antwortete Welden: „Deine Beschreibung passt genau auf meinen nächtlichen Gast. Ich bemerkte auch nur kurz den übergroßen Schatten von ihm, während ich ihn im Treppenhaus hinterher rannte. Den Umrissen nach ein Ungetüm und trotzdem überraschend agil. Ich konnte ihn nicht einholen."

Begriffsstutzig fragte Born: „Von wem redest du, Boy?"

„Na ja, ich bekam ungeladenen Besuch gestern Nacht", sagte Welden und klärte den Freund auf.

Der reagierte trocken: „Du hast gepennt, als der Killer in deinem Zimmer herumgeisterte und eine Kerze für dich anzündete. Und du hast ihn davonlaufen lassen?"

„Sein Vorsprung war einfach zu groß", wehrte sich Welden.

„Wirklich? Und mich machst du zur Sau? Na gut, wir wollen uns nicht streiten. Dazu ist die Lage zu ernst. Wer glaubst du hat dich besucht? Dieser irre Burt Pander? Der ist auch ganz schön groß."

„Nein, das war nicht Pander. Der hätte doch gleich losgeballert und mir auch keine brennende Kerze präsentiert."

„Okay, dann nehmen wir an, es handelt sich um den ein und desselben Kerl, der abends um zehn im Krankenhaus Jennie töten wollte und ein paar Stunden später dich im Büro aufsuchte."

„Ja, vielleicht,"

„Und wie geht's weiter?"

„Bewachen die Cops Jennie?" fragte Welden dagegen.

„Seit dem Vorfall beschirmten vier Bullen die Tür. Da kommt keine Maus mehr durch."

„Gut, trotzdem halte die Augen auf, ich bin in einer Stunde bei dir. Ich muss Jennie sehen."

Welden steckte sich einen Glimmstängel an. Die erste Zigarette am Morgen kratzte an der Lunge und er kämpfte mit einem Hustenanfall. Er räusperte sich. „See you later."

***

Betroffen starrte Steven B. Welden auf das Krankenbett. Jennifers Antlitz war wachsbleich und eingefallen. Glanzloses, strähniges Haar, tiefe Augenringe, flacher Atem. Ihr körperlicher Zustand war erbarmungswürdig.

Er tupfte ihr den kalten Schweiß von der Stirn. Sanft küsste er die spröden Lippen.

Hinter ihm sagte die blonde Schwester: „Sie sollten Miss Rossegger schlafen lassen. Sie braucht sehr viel Ruhe. Bitte gehen Sie!"

„Nur eine Minute", flüsterte Welden. Die medizinischen Apparate, die vielen Schläuche, die Infusionsflaschen, das sterile Zimmer, alles machte ihm Angst.

„In einer Minute bin ich wieder da", sagte die Krankenschwester und entfernte sich diskret aus dem Raum. Er setzte sich auf die Bettkante, strich Jennifer die Haare nach hinten, dabei sagte er leise: „Jennie, altes Mädchen, hörst du mich?" Behutsam tastete er nach ihrer blutleeren Hand und streichelte sie. Die Zeit rann dahin und er weilte nur da und hielt ihre Hand.

Die Pflegerin kam zurück und erinnerte ihn tadelnd: „Die Minute ist schon lange um, Mr. Welden. Bitte gehen Sie."

In dem Moment, als er die kalte Hand auslassen wollte, schlug Jennifer die Augen auf. Ihr Blick war klar und sie erkannte ihn. Für einen Wimpernschlag schien sie zu lächeln und er spürte ganz kurz den schwachen Druck ihrer Finger. Es war so schnell vorbei, dass er sich nicht mehr sicher war, ob er sich nicht alles nur eingebildet hatte. Er schaute in ihr Gesicht. Aber ihre Augen waren wieder geschlossen und die Haut käsig wie vorher. Zärtlich küsste er Jennifer noch einmal. „Machs gut, Baby und gib nicht auf. Ich komme wieder", murmelte er.

Draußen im Korridor wartete Jeck Born auf ihn. Die vier Polizisten, die für Jennifers Bewachung abgestellt wurden, schlenderten gemächlich den Gang auf und ab.

„Alles in Ordnung, Boy?", fragte ihn der Freund.

Ungewollt schroff antwortete Welden: „Du hast Jennie ja gesehen. Was soll da in Ordnung sein. Sie kämpft um ihr Leben und ich bin machtlos. Ich muss mir dieses Schwein schnappen, das dafür verantwortlich ist."

„Was kann ich tun?"

„Der Mörder wird nicht aufgeben. Jennie hat ihn wahrscheinlich im Hotel erkannt. Sie ist eine Zeugin und er muss sie aus dem Weg schaffen. Du wirst ihn aufhalten. Und wenn du ihn mit Blei voll pumpen musst. Du hast schon einmal versagt, versau es also nicht nochmals."

Erregt konterte Born: „Jetzt mach mal einen Punkt, Boy! Wie oft willst du mir das noch vorwerfen? Ich bin nicht schuld, dass der Scheißkerl vor mir bei Jennifer eintraf. Und ich bin auch nicht schuld, wenn die Cops ihre Aufgabe schludrig erledigten. Okay, du kannst mir ankreiden, dass der Kerl türmen konnte. Mehr nicht. Also schnauze mich nicht an. Mir tut Jennie auch unendlich leid."

„Du hast Recht", zeigte sich Welden einsichtig. „Das mit Jennie geht mir einfach an die Nieren. Natürlich weiß ich, dass dich keine Schuld trifft. Entschuldige, ich meinte das nicht so."

Sofort lenkte auch Born ein: „Ist okay, Boy. Ich verspreche dir, wenn der Bastard tatsächlich noch einmal hier antanzt, dann holt er sich eine blutige Nase."

„Wir werden uns diesen Dreckskerl schnappen“, nickte Welden grimmig. „aber wir haben nicht viel Zeit mehr.“

***

Mit einem Taxi fuhr Welden vor das Waldorf Astoria.

Das Foyer war verhältnismäßig leer und Welden steuerte schnurstracks auf die Rezeption zu. Unhöflich unterbrach er ein Gespräch zwischen dem Portier und einem abreisenden Gast, der den Koffer neben sich abgestellt hatte. „Wo finde ich Walter Cobin?“

Beide Männer blickten ihn befremdend an. Der bleichgesichtige Portier entschloss sich, die ungebetene Zwischenfrage zu ignorieren und die Unterredung mit dem Hotelgast weiterzuführen.

Aber Welden war nicht gewillt das Ende der Debatte abzuwarten. Zuviel Ungeduld und Groll wüteten in ihm. Er packte den perplexen Empfangschef am Jackettrevers und zog ihn über den Tresen zu sich heran. „Ich frage noch einmal. Wo finde ich Walter Cobin?“

Unentschlossen blickte der Gefragte auf den hochgewachsenen, mageren Gast im grauen Trenchcoat, der griff nach seinem Gepäck und ging wortlos aus der Halle.

Welden beachtete ihn gar nicht. Der Portier suchte verzweifelt nach Hilfe. Doch der hoteleigene Wachdienst war nirgends zu sehen. Und die Alarmklingel befand sich am anderen Ende des Pults.

„Du hast noch drei Sekunden um zu antworten“, drohte Welden gefährlich leise, „dann breche ich dir das Nasenbein.“

Diesen brutalen Verbalangriff war der Portier nicht gewachsen. Er

93

sagte stotternd: „Zimmer 37 im Angestelltentrakt..., aber..., aber...“.

„Wie komme ich dorthin?“, schnitt ihm Welden gereizt das Wort ab.

Mit dem Kopf deutete der Mann nach rechts in den Flur. „Am Ende des Korridors ist eine Durchgangstür, dahinter sind die Räume der Bediensteten.“

Sofort ließ Welden den Hilflosen los und der taumelte rückwärts gegen das Schlüsselregal.

„Du wirst fünf Minuten keinen Alarm schlagen, sonst komme ich zurück und dann wird es richtig schmerzhaft für dich. Ist das klar?“

Eingeschüchtert nickte der Mann und stammelte: „Ja, ist alles klar, Sir, aber..., aber da...“

„Aber, aber da...“, äffte ihn Welden nach. „Verschon mich mit deinem Geschwafel. Vergiss nicht, ich brauche fünf Minuten.“

Er verließ einen verstörten Hotelportier und marschierte zu dem langen Flur. Die Durchgangstür zu den Angestelltenzimmern war verschlossen und er wollte sich schon mit einem brachialen Fußtritt Einlass verschaffen, als die Tür aufging und ein Zimmermädchen in weißer Uniform heraustrat.

„Hallo“, grüßte er freundlich und schob sich vorbei, während das Mädchen ihm genauso nett zulächelte.

Kurz darauf stand er vor dem Zimmer 37. Die Tür war nur angelehnt.

Er klopfte und fragte: „Mister Cobin?“ Keine Antwort. Ihm blieb keine Zeit um vorsichtig zu sein. Der Portier wird keine fünf Minuten warten um die Wachleute zu verständigen. Sie werden bald hier sein.

Also drängte er sich schnell in den Raum, schloss die Tür hinter sich.

Ein Blick genügte, um zu erkennen, der Vogel war ausgeflogen war.

Ein einfaches, karg möbliertes Zimmer. Ein schmales Bett, ein dreifüßiger Tisch, ein abgewetzter Polstersessel, ein windiger Kleiderschrank. Daneben hingen an einem Kleiderhaken eine blaue Uniformjacke und eine Schirmmütze.

Das kleine Bad war auch nicht abgesperrt. Ein Spiegelschrank, darunter ein Keramikwaschbecken, eine winzige Duschwanne mit Plastikvorhang, eine dreckige Toilettenschüssel. Welden klappte das Spiegelschränkchen auf. Nur ein aufgebrochenes Haarshampoon, eine Duschgel, ein billiges Rasierwasser.

Wieder zurück in den Wohn-Schlafraum. Das vergilbte Bettlaken lauwarm und zerwühlt, als wäre gerade noch jemand darin gelegen. Anscheinend war Walter Cobin abgehauen. Warum die hastige Flucht?

Schnell durchstöberte Welden die Räumlichkeit. Der Kleiderschrank gähnend leer, auch in der Tischschublade keine Utensilien. Nicht das Geringste auffindbar.

Draußen im Flur polterten laute Schritte heran. Die Zeit drängte. Er musste weg. Hastig nahm er die Hoteljacke vom Kleiderhaken und schlüpfte hinein. Die Mütze aufgesetzt und die Tür geöffnet.

Zwei fettgewichtige Männer von der Hotelaufsicht, die trotzt der wenigen Metern, die sie laufen mussten, bereits völlig außer Puste waren, stoppten ihre holprigen Schritte.

Bestimmend deutete Welden den Gang hinunter: „Wo bleibt ihr denn so lange, Jungs? Der Gewalttätige ist zum Ausgang geflüchtet. Er will über die Feuerleiter abhauen. Schnappt euch das Schwein"

Ohne Nachzudenken nahmen die Wachmänner die Verfolgung wieder auf. Achtlos schleuderte Welden Jacke und Mütze von sich und eilte zurück in das Hotelfoyer. Dort bemerkte er keinerlei Unruhe. Eine Handvoll Gäste unterhielten sich gedämpft, dazwischen etliche Angestellte.

Erschrocken erspähte der Portier den Detektiv und fragte sich, wieso der gewalttätige Mensch noch immer frei herumlief.

„Wann hat Walter Cobin das Gebäude verlassen", knurrte Welden ihn an.

Der Angesprochene schluckte kurz, dann erwiderte er mit gefestigter Stimme: „Sir, Mister Cobin hat den Job gekündigt und vor wenigen Minuten als sie mich bedrohten, ausgecheckt."

„Was?", entfuhr es Welden. Er erinnerte sich an den großgewachsenen, spindeldürren Mann, der nach der Gesprächsunterbrechung, mit dem Koffer diskret die Halle verließ.

„Das war Walter Cobin mit dem du dich unterhalten hast? Der dürre Langhans? Warum hast du mir das nicht gesagt, zum Teufel?"

Beleidigt sagte der Portier: „Ich wollte ja, aber sie ließen mich ja nicht ausreden, Sir."

Doch Welden hatte keine Zeit mehr sich zu ärgern. Die beiden Wachmänner rannten schnaubend auf die Rezeption zu. Mutmaßlich entdeckten sie keine Feuerleiter hinter dem Hotel.

Wortlos begann Welden zu laufen. Hinter ihm zerrten die Bediensteten die Revolver aus den Hüftgürteln und schrien ihm nach: „Halt, stehen bleiben oder wir schießen!".

Aber Welden hörte nicht auf die Männer. Er war sich sicher, sie würden nicht schießen. Zuviel Menschen in der Hotelhalle. Die Gefahr einen Unbeteiligten zu verletzen war zu groß.

Durch die gläserne Drehtür gelangte Welden ins Freie. Verfolgt von zwei schreienden, mit Revolver wedelnden Hotelangestellten.

In der Anfahrtszone warteten drei bereitstehende Taxis auf Fahrgäste. Welden riss die Beifahrertür des Vordersten auf. „Los, Mann, auf was wartest du? Einen Fünfziger extra, wenn du mich hier heil fortbringst."

Er hockte noch gar nicht richtig, und konnte den Verschlag erst halb schließen, da startete der Fahrer bereits den Motor und beschleunigte aus dem Stand, dass die Hinterräder durchrutschten und Welden in die Rückenlehne gepresst wurde.

Die erbosten Wachmänner hasteten dem Taxi noch einige Meter hinterher, erkannten dann die Sinnlosigkeit ihres Tuns und bleiben nach Luft ringend stehen. Sie winkten ihm bedrohlich mit dem hoch erhoben Waffen nach.

„Wohin, Mister", erkundigte sich der chilenische Taxifahrer. Er fragte den neuen Gast nicht, warum der vor zwei Hotelangestellten flüchtete. Manchmal war es klüger nicht zu neugierig zu sein.

Erst nachdem Welden eine aufrechte Sitzposition einnahm, antwortete er: „Departement Of Psychiatrie, 227 East."

„Zur Klapsmühle?"

„Genau, und jetzt will ich nichts mehr von dir hören, Mann. Ich muss nachdenken."

„Sorry, Mister, ich schweige wie ein Grab", sagte der Fahrer pikiert.

Angestrengt überlegte Welden. Warum kündigte Walter Cobin seinen Job und machte sich so eilig aus dem Staub? Welche Schlüsselrolle spielte dieser Mann? Fragen und keine Antworten.

Welden gierte nach einer Zigarette. Er klopfte seine Lederjacke nach einer Packung ab. Erfolglos. „Hast du eine Zigarette, Mann?", fragte er den Chilenen.

Der reichte ihm eine aufgebrochene Schachtel und ein Feuerzeug.

„Danke", sagte Welden fahrig. Tief saugte er das Nikotin in die Lungen. Die Gedanken klärten sich aber nicht. Wer war Walter Cobin? Nur ein Nachtportier? Wo war die Verbindung zu den Rosseggers?

So sehr Welden auch grübelte, er kam zu keinem Ergebnis. Cobin konnte nicht der Mörder sein. Er besaß nicht den Körper dazu. Der Täter, der Jennifer im Krankenhaus aufsuchte, war zwei Meter groß, breit wie ein Elefant und dabei geschmeidig wie ein Tiger. Walter Cobin war vielleicht auch annähernd zwei Meter, aber dürr wie eine Bohnenstange. Verdammt, in diesem Mosaik fehlten mehrere Steine. Nichts fügte sich ineinander.

Steven B. Welden musste Jeck Born benachrichtigen. Und das sofort.

„Halte bei der nächsten Telefonzelle an", befahl er dem Fahrer.

„Sie wollen abhauen und die Fahrt nicht bezahlen", argwöhnte der.

„Sie versprachen mir einen extra Fuffzger."

„Den bekommst du auch. Jetzt halt an. Dort vorn ist ein Telefonhäuschen."

„Ich werde Sie im Auge behalten, Mister", warnte ihn der Fahrer und bremste in der Haltezone.

Schnell stieg Welden aus und ging zur freien Telefonzelle. Er hob den Hörer ab, warf eine Münze in den Schlitz und wählte die Nummer des Hospitals. Es läutete fünfmal, schließlich meldete sich eine Frauenstimme.

„Hallo, mein Name ist Steven B. Welden, das ist ein Notfall. Können sie mir Jeck Born an den Apparat holen, er bewacht gerade das Krankenzimmer von Jennifer Rossegger."

„Tut mir leid, Mister Welden, das kann ich nicht", bedauerte die Frau.

„Bitte holen sie Jeck Born, Schwester, es geht um Leben und Tod", dramatisierte Welden.

„Ich kann nicht", wiederholte die Sekretärin.

„Verflucht, wieso nicht?"

Die Antwort traf ihn wie ein Hammerschlag. „Ich kann Mr. Born nicht ans Telefon bringen, weil er nicht mehr im Hause ist. Vier Beamte vom Policedistrikt haben ihn abgeführt."

„Was, wieso?"

„Mister Born wurde verhaftet", sagte die Stationsschwester schlicht.

„Das ist nicht wahr, oder?"

„Natürlich ist das wahr", lautete die Antwort.

„Ja, verdammt, was ist passiert und wer bewacht nun Jennifer Rossegger?"

„Zu Fragen eins, ich weiß nicht was vorgefallen ist. Und zur Frage zwei: Niemand bewacht Miss Rossegger. Die Cops sind abgezogen. Es besteht keine akute Gefahr für die Kranke."

Kommentarlos hängte Welden den Hörer ein. Er war wie betäubt. Jeck verhaftet, Jennifer ohne Beaufsichtigung und der Mörder lief weiterhin frei herum. Der reinste Horror.

Der Taxifahrer klopfte an die gläserne Telefonzelle. Er zeigte auf die herannahende Hostess, die auf sein falschparkendes Gefährt zusteuerte.

„Was für eine verdammte Scheiße, wieso wurde Jeck von den Cops eingebuchtet?

Vor dem Telefonhäuschen verstärkte sich die Nervosität des Chauffeurs.

Trotzdem tätigte Welden noch einen Anruf. Er musste nicht lange warten. „Lieutnant Sam Brooker, Morddezernat“, sagte eine raue Stimme.

„Hier Welden, zum Teufel, Lieutnant. Wieso haben sie Jeck festgenommen? Und warum bewacht niemand mehr Jennifer? Habt ihr alle den Verstand verloren?“

Einen Moment lang war Stille. Welden glaubte schon Brooker hätte aufgelegt. Draußen auf der Straße debattierte der Taxler händeringend mit der Hostess um die Vermeidung eines Strafmandats wegen Parkens in der absoluten Haltezone. Dabei deutete er immer wieder auf Welden in der Telefonzelle.

Die junge Frau in der schicken, blauen Uniform zückte unbeeindruckt den Schreibblock.

Indessen sagte Sam Brooker ruhig: „Mister Welden, ihr Kompagnon verprügelte einen Cop, der nach Miss Rossegger sehen wollte. Widerstand und Körperverletzung gegen einen Beamten wird mit Verhaftung bestraft.“

‚Ich kapiere es nicht‘, dachte Welden. Das durfte doch alles nicht wahr sein. „Das war mit Sicherheit ein Verwechselung“, verteidigte er den Freund.

„Ja, wahrscheinlich. Sergeant Whites wurde zum Verhängnis, dass er voluminös und mächtig wie ein Bär ist.“

„Okay, manchmal ist Jeck ein wenig impulsiv. Er dachte bestimmt, er muss Jennifer beschützen. Aber sie müssen in freilassen. Er muss bei Jennifer bleiben. Sie ist weiterhin in Lebensgefahr. Der unbekannte Killer wird nicht warten bis Jennifer vernehmungsfähig ist.“

„Machen sie sich keine Sorgen, Miss Rossegger wurde in ein anderes Zimmer verlegt. Niemand wird ihr etwas antun“, beruhigte der Lieutnant. „Aber für sie wäre es besser, sie kommen ins Department und lassen meine Männer die Arbeit tun.“

„Ich werde sie zur Verantwortung ziehen, sollte Jennifer durch ihre Fahrlässigkeit nur das geringste zustoßen“, sagte Welden humorlos und beendete die Unterhaltung.

Der Fahrer und die Hostess stritten immer heftiger. Sie verlangte nach seiner Fahrlizenz. Von den beiden Streitenden unbemerkt setzte sich Welden in das Taxi und fuhr einfach los.

Dem Besitzer verschlug es die Sprache. Wie festgewurzelt gaffte er dem gestohlenen Auto nach. Dann warf er seine Chauffeursmütze auf den Gehsteig und trampelte wie geistesgestört darauf herum. Während die Hostess zu lachen anfing und den Strafzettel zerriss.

Mittlerweile fuhr Welden nach 227 Eastside. Die Anstalt für Psychiatrie war von einer dreimeterhohen Steinmauer umgeben, zusätzlich mit einer Stacheldrahtrolle abgesichert.

Das schwere Stahltor an der Einfahrt stand allerdings offen. Für einen Hochsicherheitstrakt sehr ungewöhnlich. Aber Welden wunderte sich über gar nichts mehr. Ungehindert steuerte er den Wagen über den Kiesweg durch den Pinienwald bis zu dem weißgetünchten Gebäude. Er stellte das Fahrzeug neben einem fensterlosen Personentransporter ab. Weiterhin niemand zu sehen. Er ging über die Treppe in das Hospital hinein. Im Innern war es unangenehm kühl.

Der Empfang war unbesetzt. Totenstille im Raum. Kein Personal weit und breit. Keine Patienten. Unschlüssig blickte Welden um sich.

Endlich kam ein rotgesichtiger Mann aus einer Örtlichkeit, dessen Tür mit zwei Nullen beschriftet war. Erstaunt registrierte er den Besucher. „Wer sind sie, Mann?"

„Ich bin Privatdetektiv", sagte Welden, „ich will Carl Rossegger besuchen."

Der übergewichtige Pfleger zögerte. „Das geht nicht. Es ist keine Besucherzeit. Außerdem bin ich nicht berechtigt Besucher zu empfangen. Ich bin lediglich nur eine Pflegekraft. Der Empfangschef ist gerade zu Tisch. Wenn sie warten möchten, gerne. Wir haben einen schönen Aufenthaltsraum, wo sie auch Kaffee bekommen."

„Ich habe keine Zeit zu warten", sagte Welden. „Und sie bringen mich zu Carl Rossegger. Ich will sehen ob er anwesend sind."

„Tut, mir leid. Wie gesagt, dazu bin ich nicht befugt."

Es tat Welden leid, aber er musste handeln. Er zog den Revolver und richtete ihn auf den überraschten Pfleger. Verängstigt streckte der beide Hände zur Decke und wich gleichzeitig einen Schritt zurück.

„Keine Angst, mein Junge. Ich tue dir nichts", beruhigte ihn Welden. „Zeig mir einfach nur Rosseggers Zimmer und lass deine Arme herunter."

„Carl ist ein harmloser Verrückter, der tut keiner Fliege was an", erklärte der Betreuer ungefragt und ging widerstrebend voraus.

Er führte den Detektiv durch den endlos langen Gang zur Zelle 7.

Unaufgefordert öffnete er die schwere Stahltür und drückte sie auf. Er überblickte den Räumlichkeit und sagte: „Carl ist nicht da. Wahrscheinlich hat er Freigang und spaziert im Park herum."

„Fabelhaft", kommentierte Welden und steckte den Revolver weg. Er betrat das Gemach. Da war ein sauber gemachtes Bett, ein Kleiderschrank, ein kleiner Fernsehapparat auf einer Kommode. Eine Tür zum Bad und Toilette. Grauer Steinboden, kaltes Neonlicht an der Decke.

Er ging zu dem ein Meter breiten Blechschrank. Die Doppeltür war mit einem einfachen Vorhängeschloss abgesperrt.

„Was suchen sie?", fragte der Pfleger hinter ihm.

„Wenn ich das wüsste", sagte Welden, „gibt es einen Schlüssel dafür?"

„Das ist privat. Den Schlüssel besitzt Carl", erwiderte der Pfleger.

„Ein Geisteskranker mit Privatsphäre?", schüttelte Welden leicht den Kopf. „Wollen sie mich verarschen?"

„Nein, nein, Mister, aber in diesem Haus ist das so", war die Antwort.

„Na schön, sie können mir diesen Blechkasten also nicht aufsperren?" vergewisserte sich Welden noch einmal.

Der Aufseher blieb dabei: „Nein, auf keinem Fall."

Daraufhin holte Welden erneut den Colt hervor.

„Was haben sie vor?"

Schweigsam schob Welden den Revolverlauf in das Vorhängeschloss und mit einem kurzen, kräftigen Dreher knackte er den schmalen Bügel. Die Doppeltür sprang auf und er stand davor und staunte nicht schlecht.

Auf einem Kleiderbügel hing ein dickwanstiger Gummianzug, nicht unähnlich der Werbefigur eines französischen Reifenherstellers, dem Michelinmann. Welden brauchte etwas länger um zu begreifen. Beging Carl Rossegger in diesem Outfit die Morde? Ein überweiter Trenchcoat, eine schlottrige Hose darüber gezogen und ein schlanker Mann konnte wie ein korpulenter Riese aussehen. Aber schaffte man auch in dieser Kostümierung sich pfeilschnell zu bewegen? Welden lupfte den Gummianzug. Der war federleicht und geschmeidig.

„Das ist Carls Trainingsbekleidung", sagte der Betreuer hinter ihm.

„Was?"

„Ja, den Gummianzug zieht Carl immer im Training an", lautete die Erklärung. „Damit dreht er im Park seine Runden, oder schlägt auf den Sandsack ein, oder steigt auf dem Home-Rad in die Pedale. Er sagt, mit dem Kostüm kann er sich richtig ausschwitzen."

Entgeistert sagte Welden: „Ich glaube es nicht. Das ist hier keine Psychiatrieklinik, das ist hier eine Erholungsstätte mit Fitnessraum, mit Laufparcours, vielleicht noch mit Massageraum, Solarium, Sauna und Whirlpool?"

Auf diese Frage erhielt Welden keine Antwort. Aber er erwartete auch keine. Er langte in das obere Ablagefach des Spinds und fand eine transparente Plastiktüte mit fünf roten Wachskerzen und drei schwarzweiß Fotos. Porträtbilder. Er kannte die drei Gesichter. Und der Puls beschleunigte sich. Ein Antlitz gehörte Axel Rossegger. Es war mit einem blutroten Filzstift zweimal schräg durchgestrichen. Das zweite Angesicht zeigte Marie Lena. Ebenfalls schräg durchgestrichen. Beim letzten Foto stockte Welden der Atem. Es offenbarte Jennifer.

Ihr Antlitz war noch nicht durchkreuzt. Jennifer, die letzte Lebende, die Carl Rossegger noch liquidieren musste. Dann waren alle tot und er am Ziel.

Aber wie viel Vorsprung hatte Carl Rossegger?

„Was sind das für Bilder?" stammelte der Betreuer. „Und warum sind zwei Gesichter durchgestrichen?"

„Das sind Fotos von Axel Rossegger, von seiner Tochter Marie Lena und seiner Frau Jennifer. Den Bruder und die Nichte hat Carl bereits getötet. Ihm fehlt nur noch Jennie. Zwei Mordanschläge überlebte sie schwerverletzt. Doch er wird es nochmal versuchen." Welden sprach fast ohne Emotion. Jedoch im Innern tobte ein Sturm.

„Was zum Teufel ist hier los?" bellte eine herrische Stimme dazwischen. Im offenen Türeingang erschien ein untersetzter, kleingewachsener Mann. Er trug einen schneeweißen Kittel und eine schwarzer Krawatte. Die roten Schweinsaugen im pausbackigen Gesicht blickten unruhig auf Steven B. Welden. Er hatte beide Fäuste in die Hüften gestemmt und der Clark Gable Bart zitterte etwas über der schmalen Oberlippe. „Ich bin Direktor Dr. Jefferson, wer sind Sie? Wie kommen sie hierher? Mister Robby, wer ist dieser Mann?"

Anstelle des eingeschüchterten Pflegers antwortete Welden und trat dabei dem Anstaltsleiter entgegen, der unwillkürlich zurück wich.

„Mein Name ist Steven Boy Welden, ich bin Privatdetektiv", sagte er barsch, „und sollte es Carl Rossegger doch noch gelingen seine Schwägerin Jennifer umzubringen, dann sorge ich dafür, dass ihr Leben zum Alptraum wird. Denn sie allein, Dr. Jefferson, sind für Carls Morde verantwortlich. Sie haben den offenen Vollzug gestattet, sie haben ihm die Freiheiten ermöglicht, seinen Bruder und die Nichte zu töten."

Dr. Jefferson zeigte sich unbeeindruckt, jedenfalls tat er so. Selbstherrlich und kühl erwiderte er: „Ich weiß nicht wovon sie sprechen, Mr. Welden. Ich verstehe auch nicht, warum sie mich bedrohen. Warum sollte Carl Rossegger irgendeine Jennifer töten wollen. Carl wurde von einem unabhängigen Gutachter als nicht gemeingefährlich eingestuft. Um seine Sozialisierung leichter zu machen, wurden ihm ein paar Stunden in der Woche erlaubt außerhalb der Klinik die Freiheit zu erleben. Wir waren und sind ständig über seinen Aufenthalt informiert."

„Ihr seid ständig über seinen Aufenthalt informiert?", höhnte Welden, „da lach ich mich doch tot. Dann sagen sie mir doch, wo er jetzt ist. Ich kann ihn nirgends sehen?" Er musste sich beherrschen dem arroganten Direktor nicht die Faust ins Gesicht zu schlagen. „Gnade ihnen Gott, wenn Jennifer etwas zustößt. Ich werde sie vernichten."

Er rempelte den verdutzten Klinikleiter mit der Schulter beiseite, dass dieser hart gegen den Türrahmen prallte. Im Vorbeilaufen rief er ihm noch zu: „Benachrichtigen Sie Lieutnant Sam Brooker vom 14. Distrikt. Er soll ein paar Männer ins Krankenhaus schicken. Sagen Sie ihm, Carl Rossegger ist getürmt." Dann rannte Welden eiligst davon. Die Zeit drängte. Chaotische Gedanken im Kopf. Was ist wenn er zu spät kam? Wie groß war der Vorsprung von Carl?

Getrieben von aufkommender Panik sprang Welden in den gestohlenen Taxiwagen und lenkte das klapprige Dieselgefährt aus dem Gelände auf die 19the Street.

Was wird Carl tun? Wird er erneut versuchen als angeblicher Arzt in Jennifers Zimmer einzudringen? Nur diesmal am helllichten Tag. Oder gibt er sich als besorgter Nachtportier Walter Cobin aus, der einen Krankenbesuch abstatten will. Denn Welden war jetzt gewillt zu glauben, dass Carl und Cobin ein und dieselbe Person waren.

Auf der breiten Second Avenue gab Welden Gas, überholte einen rostigen Lieferwagen, kam deswegen in den Gegenverkehr, konnte gerade noch einen Zusammenstoß mit einem Buick vermeiden, indem er blitzartig wieder einscherte und den gerade überholten Transporter zu einer Notbremse nötigte. Ein bösartiges Hupkonzert war die Quittung.

Doch Welden achtete nicht darauf. Er bog nach rechts in die East 23 ein und riskierte waghalsig das nächste Überholmanöver.

Die Uhr tickte unaufhörlich weiter. Wieso ließ sich diese Niete von Jeck Born einbuchten? Er sollte doch nur Jennifer schützen. Das war doch nicht so schwierig. Jetzt lag sie allein im Krankenbett. Schwerstverletzt, hilflos, ohne jeden Schutz.

Zum Teufel mit Jeck Born!

Rasend kurvte Welden links in die First Avenue ein. Und dann stand er unvermittelt im Stau. Eine endlose Wagenkolonne vor ihm. Und ebenso auch hinter ihm. Nichts ging mehr. Weder vor, noch zurück. Übelgelaunt hämmerte er die Fäuste gegen das Lenkrad. Es war zum Haare raufen.

Er blickte in den Außenspiegel. Da näherte sich ein Motorradfahrer, der seine Maschine geschickt zwischen den stehenden Autos hindurch schlängelte.

Als der Biker fast die Höhe des Taxis erreichte, stieß Welden plötzlich die Wagentür auf und der Junge konnte gerade noch abbremsen, bevor er dagegen knallte.

„Bist du verrückt, Alter?" entrüstete sich der und zeigte ihm den Stinkefinger. „Kannst du nicht aufpassen? Hast du Tomaten auf den Augen?"

Kurzerhand stieg Welden aus und verabreichte dem bartlosen Jüngling einen deftigen Stoß gegen die Brust. Der Geschlagene purzelte rückwärts vom Motorrad und landete auf den harten Asphalt. Grenzenloses Nichtverstehen im Gesicht.

Bevor auch die Maschine umkippte fing Welden sie auf und schwang sich in den Sitz. Der Motor lief noch und Welden drehte den Gashahn auf. Ohne sich um den Gefallenen zu kümmern brauste er davon.

Völlig verdattert musste dieser zusehen wie ein frecher Dieb sich mit seinem Zweirad in einem gewagten Tempo durch die Wagenkolonne manövrierte.

***

Etwa zur gleichen Zeit tigerte Jeck Born in der kleinen Gefängniszelle im Kreis herum. Er war wütend auf alle, auf Lieutnant Brooker, auf alle Cops, auf den Rest der Welt. Aber natürlich am meisten auf sich selbst. Boy wird ihn umbringen. Da war er sich sicher. Wie konnte ihm bloß dieses Desaster passieren. Er hatte einfach übermotiviert reagiert, völlig gedankenlos gehandelt. Aber die Situation eskalierte, als ein uniformierter Mann in Jennifers Krankenzimmer eintrat. Er

108

hatte ungefähr dieselbe bullige Statur wie der Eindringling der letzten Nacht. Born war sich sicher. Das musste der Täter sein.

Wild entschlossen sprang er dem vermeintlichen Mörder in den Nacken. Er schlug ihm beide Fäuste gegen die Ohren, dass die Schirmmütze vom Kopf segelte. Gleichzeitig rammte er ihm die Knie in die Nierengegend. Der Überraschte prallte mit dem Gesicht nach vorne auf den Linoleumboden und Jeck hockte wie eine Wildkatze auf ihm und schlug wie von Sinnen auf ihn ein. Verzweifelt versuchte der Unterlegene den wütenden Jeck Born von seinem Genick abzuwerfen, dabei brüllte er aus Leibeskräften: „Hör auf, du Arschloch. Ich bin ein Cop, verdammt noch mal. Ich bin von der Police!"

„Und ich bin der Papst", schrie Jeck zurück und drosch ihm weiter gegen den kahlen Schädel.

Dann stürzten drei Kollegen in den Raum und rissen Jeck Born von seinem Opfer weg. Zur Beruhigung verpassten sie ihm nun ebenfalls ein paar kräftige Körperhiebe und legten ihm Handschellen an. Zornig starrte der keuchende Jeck die Männer an.

„Drehst du jetzt völlig durch, Mister?" fragte der untersetzte Cop. „Wieso drischt du auf Sergeant Brown ein? Er ist einer von uns. Er behütet auch Miss Rossegger. Genau wie wir."

„Hä?" entfuhr es Jeck.

Mühsam rappelte sich der geschlagene Cop Brown hoch. An den Schläfen war die Haut aufgeplatzt und Blut tropfte heraus. Gereizt musterte er Jeck Born von oben bis unten, dann schlug er ansatzlos zu. Er boxte ihm die Faust in die Magengrube und Jeck knickte wie ein Taschenmesser ein.

Doch der Kamerad hinter ihm hielt ihn an den Handschellen fest und hinderte ihm am Fallen. „Aber Jim, das darf man nicht tun", mahnte er grinsend. „Du darfst doch keinen Gefangenen schlagen."

„Ich weiß", sagte Brown und schlug ein zweites Mal zu. Jeck stöhnte leicht. „Das musste sein", sagte Brown zum Teamkollegen. „Das hat das Arschloch verdient. Und nun ab mit ihm in die Zelle."

So kam es also zu Jeck Borns Verhaftung.

„Ich will hier raus!" schrie Born gegen die kahlen Wände und wusste niemand wird ihn hören. Wuterfüllt rannte er in dem Arrestraum von Ecke zur Ecke. Schließlich warf er sich auf die harte Pritsche. Er hatte jegliches Zeitgefühl verloren. Die Armbanduhr, den Ausweis, seine Waffe, die Geldbörse, sogar den Hosengürtel nahmen sie ihm ab. Damit er sich nicht aus Versehen strangulierte, sagte Sergeant Brown und feixte. Auf seinem Schädel glänzten mehrere Pflasterstreifen.

Born hatte keinen Schimmer wie lange er bereits festgehalten wurde. Zehn Minuten, eine Stunde, zehn Stunden?

Jedenfalls erschien es ihm wie eine Ewigkeit, bis sich endlich ein Schlüssel im Schloss drehte und die Eisentür aufschwang. Lieutnant Brooker winkte ihn heran: „Kommen Sie, Mister Born".

„Wurde auch Zeit", beschwerte sich Born und trabte dem Lieutnant durch den langen Gefängnisgang zu dessen Dienstzimmer hinterher. Dabei musste er stets seine Hose am Bund festhalten, damit sie ihm nicht über die Hüfte rutschte.

Brooker platzierte sich hinter dem massigen Schreibtisch.

Abwartend blieb Jeck Born vor ihm stehen. Auf der Tischplatte lagen die Privatsachen, die man ihm bei der Festnahme abgenommen hatte. Auch seinen Revolver. Kommentarlos band er die Armbanduhr um das Handgelenk, führte den Ledergürtel in die Hosenschlaufen ein, steckte die Geldbörse in die Jackentasche und schob den Colt in das Schulterhalfter.

Aufmerksam sah ihm Sam Brooker dabei zu. "Sie sind vorläufig auf freiem Fuß. Allerdings läuft noch ein Verfahren gegen Sie wegen tätlichen Angriff auf einen Officer." Dann fragte er unvermittelt: „Wollen Sie eine Anzeige erstatten, Mr. Born?"

„Was will ich?", erwiderte der verdutzt, während er sich den Hosengürtel enger schnürte.

„Sergeant Jim Brown hat Sie geschlagen, obwohl man ihnen bereits Handschellen angelegt hatte und Sie sich nicht mehr wehrten. Das ist ungesetzlich. Wenn Sie Brown also anzeigen wollen, bekommt er ein Disziplinarverfahren und einen Eintrag in seine Personalakte."

„Das ist jetzt ein Witz, oder?"

Kühl sagte Brooker: „Mir ist nicht nach Witze machen zumute. Ich kann nicht zulassen, dass meine Leute einen Festgenommenen misshandeln. Das geht einfach nicht. Ich frage also nochmal, wollen Sie eine Strafanzeige gegen Jim Brown erstatten?"

„Natürlich nicht, Chief. Was soll der Quatsch eigentlich?", fragte Born. „Wer sagt denn, dass ich geschlagen wurde? Beschuldigt ihr euch jetzt schon gegenseitig?"

„Es gibt eine Augenzeugin, die behauptet gesehen zu haben, wie sie niedergeschlagen wurden."

„Eine Augenzeugin?" sagte Jeck erstaunt. „Wer soll das sein?"

„Eine Stationsschwester beobachtete den Einsatz von der offenen Tür", klärte ihn der Lieutnant auf. „Sie bestätigt den bedauerlichen Vorfall."

„Eine Krankenschwester hat gesehen, wie mich ihre Jungs verprügelt haben?“

„Ja, genau. Sie heißt Betsy Caine. Sie ist jung, blond und hübsch.“

„Also gut“, lächelte Jeck schmal und sah den Lieutnant an: „Hören Sie, Chief. Ich werde auf keinen Fall eine Anzeige gegen ihren Beamten erheben. Ich glaube, die hübsche Betsy hat sich einfach getäuscht. Ich jedenfalls kann mich nicht daran erinnern geschlagen worden zu sein. Und wenn, dann handelte ihr Mann in eindeutiger Notwehr. Schließlich war ja ich der Angreifer. Ich habe ihn einfach mit einem Killer verwechselt und das tut mir leid.“

"Vielen Dank für ihr Verständnis, Mr. Born. Vielleich klären Sie die Sachlage mit der Krankenschwester persönlich und sie nimmt ihre Anschuldigung zurück. Eventuell können wir die Anklage gegen Sie auch unter dem Tisch fallen lassen.“

„Okay Chief, ich rede mit der Kleinen“, sagte Born. „aber einen Gefallen können Sie mir noch tun. Ich weiß, dass Jennifer Rossegger keinen Polizeischutz mehr hat. Aber der Mörder ihres Mannes und ihrer Stieftochter sind noch immer nicht gefasst. Daher muss ich auf schnellsten Weg ins Hospital. Können Sie einen Fahrer und einen Streifenwagen entbehren, der mich dorthin bringt“

„Na gut, Jeck Born“, sagte Brooker und hob den Zeigefinger. „Dann ist aber Schluss mit meiner Gutmütigkeit. Warten sie draußen auf dem Parkplatz. Ich schicke ihnen einen Fahrer.“ Er langte zum Telefonhörer.

***

Der sehr hagere, hochgewachsene Mann hielt einen kleinen Veilchenstrauß in den Händen. Trotz des schwülen Wetters trug er einen schwarzen, langen Trenchcoat und einen tief sitzenden Hut. Sein schmales Gesicht war rasiert, etwas zerfurcht, aber nicht hässlich. Freundlich fragte er die blonde Krankenschwester auf der Aufnahmestation nach Jennifer Rossegger. „Mein Name ist Walter Cobin, ich bin Empfangsportier im Waldorf Astoria und habe die Schwerverletzte in ihrem Appartement aufgefunden und konnte sie vor dem Verbluten retten, bevor der Notarzt eintraf. Wie ist ihr Befinden? Ist sie außer Lebensgefahr? Ich hoffe sie wird noch von den Cops beschützt?"

Die Stimme des Besuchers klang ruhig, aber doch leicht besorgt.

„Miss Rossegger geht es den Umständen entsprechend gut. Sie wird überleben. Die Cops sind abgerückt", gab die Schwester bedenkenlos Auskunft.

„Kann ich die Patientin kurz besuchen? Ich lege ihr nur den Genesungsstrauß auf das Nachttischchen. Dann bin ich auch schon wieder weg. Ich will ja Miss Rossegger nicht unnötig aufregen."

Das Lächeln Cobins schien ehrlich und einnehmend.

Bereitwillig sagte ihm die Stationsschwester in netten Worten, dass Jennifer Rossegger auf Zimmer 203 im zweiten Stock liegt und zeigte ihm den Weg dorthin.

Walter Cobin bedankte sich höflich und wandte sich ab. Er benützte nicht den vorgeschlagen Lift zu den Etagen, sondern nahm die Treppe. Mehrere Menschen begegneten ihm. Ärzte in weißen Kitteln, Patienten in Frotteebademänteln und etliche Besucher. Niemand schenkte ihm irgendwelche Aufmerksamkeit. In dem regen Treiben beschäftigte sich jeder mit sich selber. Ihm kam das sehr entgegen. Schließlich hatte er einen anderen Plan. Diesmal durfte nichts schieflaufen.

Schließlich erreichte er sein Ziel. Zimmer 203 im zweiten Stockwerk. Er blickte sich um. Er war die einzige Person auf dem Korridor. Einen Augenblick verharrte er vor dem Eingang. Bald war seine Mission beendet. Kurz entschlossen trat ein ohne anzuklopfen. Geräuschlos drückte er die Tür hinter sich zu. Jetzt befand er sich im Krankenzimmer.

Er blickte auf die Gestalt im Bett. Das Gestell mit den Infusionsbeuteln stand dicht daneben und mehrere dünne Schläuche führten zur Insassin.

„Jennifer?" fragt er leise. Seine Stimme klang nicht mehr so freundlich.

Die Kranke antwortete nicht. Sie schlief.

Die Mimik des Eindringlings entstellte sich zu einer abstoßenden Grimasse. Bedächtig näherte er sich der ausgelieferten Jennifer und legte den Veilchenstrauß auf die Bettdecke. „Mein letzter Gruß, meine Liebe", raunte er. „Diesmal wir dich niemand mehr retten. Deine Lebensuhr läuft endgültig ab. Du bist die letzte, die sterben muss."

Cobin nahm die rechte Hand aus der Manteltasche und darin kam das Messer zum Vorschein. Ganz dicht stellte er sich an das Bett und holte weit aus zum letzten, tödlichen Stich.

***

Parallel mit Jeck Born erreichte auch Steven B. Welden das Krankenhaus.

Geschwind hüpfte Welden vom Motorrad und ließ das Gerät einfach auf den Asphalt knallen. Ihm verschlug es fast den Atem, als er in der Besucherparkzone seine silberne Chevrolet Corvette erkannte. Verdammt, er kam zu spät. Der Killer war bereits angekommen.

Die Furcht beschleunigte seine Schritte. Er rannte die Betonstufen zum Eingang des Hospitals hinauf. Dort traf er mit Jeck Born zusammen. Sie sprachen kein Wort miteinander, verständigten sich nur mit Blicken.

Eiligst hetzten die Freunde zur Empfangsstation.

„Welches Zimmer hat Miss Rossegger?", schrie Welden schon von weiten die blonde Krankenschwester an.

Verärgert über den rüden Ton von Weldens Stimme wollte Betsy Caine ihn ignorieren, erkannte aber dann Jeck Born, der sie etwas freundlicher anlächelte. „Station 2, Zimmer 203", erwiderte sie dann doch freundlicher als sie wollte.

Beide Männer sprinteten auf den Treppenaufgang zu und Betsy Caine blickte ihnen verwundert hinterher.

Auf der zweiten Etage angekommen hielten die Freunde bereits die Revolver in den Händen. Der Korridor teilte sich nach links und nach rechts. Wertvolle Zeit verstrich.

„Links", bellte Born leicht atemlos und rannte weiter. Doch Welden überholte ihn. Die Zimmernummern verjüngten sich nach hinten. 210-209-208-207-206-

Ein Kranker mit zwei Krückstöcken und Gipsbein versperrte ihnen mitten im Gang den Weg. Rücksichtslos rempelten die Freunde den Verdatterten beiseite und brachten ihn zu Fall. Behände sprangen sie über ihn hinweg. Der Gestürzte schlug mit dem Krückstock nach ihnen aus, erwischte sie aber nicht mehr.

Vorbei an Zimmer 205-204-

Vor der Tür 203 verharrten die Detektive keinen Moment. Mit einem gewaltigen Fußtritt sprengte Jeck Born den Zugang auf, der krachend gegen die Innenwand klatschte. Schulter an Schulter, die Colts schussbereit in den Händen, stürmten sie in den Raum.

Als erstes sahen sie eine große Gestalt an Jennifers Bett, einen Arm hoch über den Kopf schwingend, in den Fingern ein blitzendes Messer. Erstaunt über den ohrenbetäubenden Krach der eingetretenen Tür wendete der Meuchelmörder nur leicht den Kopf zu den Einmischern. Dann fiel der Arm mit der todbringenden Klinge auf Jennifer herab.

Steven B. Welden und Jeck Born zögerten keine Sekunde. Beide feuerten gleichzeitig ihre Schusswaffen ab. Die Kugeln erwischten Walter Cobin ,bevor er das Messer in sein Opfer rammen konnte. Er schwankte einige Schritte zur Seite. Aber er ließ die Klinge nicht fallen.

Unbarmherzig schossen Welden und Born das volle Magazin ab. Jeder Schuss traf und durchlöcherte Walter Cobins Körper wie ein Sieb und trieb ihn rückwärts gegen die Wand. Dort rutschte er mit glasigen Augen langsam zu Boden. An der weißen Mauer hinterließ er eine blutige Spur. Als Walter Cobin auf dem Linoleum aufschlug lebte er bereits eine Ewigkeit nicht mehr. Nur die Mordwaffe in der Hand, die hielt er fest.

Beinahe wie in Trance senkten Welden und Born die rauchenden Colts. Der Alptraum war zu Ende. Sie traten an Jennifers Bettstatt.

Sie war erwacht. Angst stand in ihren Augen. Als sich jedoch Welden über sie beugte, sie sanft auf die Stirn küsste, und er ihr leise zuflüsterte: „Es ist vorbei, Jennie, es ist vorbei. Mach dir keine Sorgen mehr", da spürte sie wie die Furcht von ihr abwich. Und schloss die Lider und ein kleines Lächeln zauberte sich in ihr Gesicht.
Einige Minuten später traf auch Lieutnant Brooker mit Gefolge ein.
„Hier haben Sie ihren Killer. Carl Rossegger, alias Walter Cobin", sagte Welden kalt. „Ich glaube, er ist nicht mehr vernehmungsfähig. Tut mir leid."

***

Die nächsten Tage liefen die polizeilichen Ermittlungen auf Hochtouren und immer mehr Details wurden offenkundig. Bereits vor drei Monaten erhielt Carl Rossegger den offenen Verzug. Er durfte sogar über Nacht wegbleiben. Im Waldorf Astoria bekam er einen Job als Nachtportier. Bei der Geburtstagsfeier für Marie Lena, entwendete er das benützte Besteckmesser von Jennifer. Damit tötete er seine Nichte in ihrem neuen Wagen kurz vor Mitternacht. Als Jennifer das Hotel verließ, folgte er ihr und beschuldigte sie bei den Cops als Mörderin ihrer Stieftochter. Sie wurde verhaftet und später auf Kaution freigelassen. Axel Rossegger mietete Jennifer eine Hotelsuite und ließ sie von Bill Tosh bewachen. Carl schnitt ihm die Kehle durch und stach Jennifer nieder. Im Glauben, dass sie verbluten würde schlich er sich davon. Ihr Lebensretter war ein Hotelgast, der sie rechtzeitig fand und die Police verständigte. Noch in derselben Nacht massakrierte Carl seinen Bruder Alex und dessen Leibwächter.

Den Friedhofswärter Roger Smith kannte Carl als ehemaligen Mitinsassen, der vor einem halben Jahr als geheilt entlassen wurde und ihm irgendwie hörig war. Smith wurde hingerichtet, weil er einen Brief an Steven Boy Welden abschickte und den Carl abfangen konnte. Den Brief entdeckten die Ermittler im Blechspind in Carls Anstaltszimmer. Darin beschuldigt Smith ihn als Marie Lenas Mörder. Zudem fand man in einem Wäschekorb blutverschmierte Handschuhe und einen blutgetränkten Trenchcoat. Das Blut ortete man Bill Tosh und Jennifer Rossegger zu.

Carl Rossegger warf die Tatwaffe in Weldens Corvette um weiterhin den Verdacht auf den Detektiv zu lenken. Später stahl er auch den Wagen aus dem Kfz-Verwahrungshof. Um etwaige Zeugen zu täuschen, verkleidete sich Carl bei den Freigängen mit dem überdimensionalen Gummianzug. Die Hinterlassenschaft der brennenden Kerzen bei den Mordopfern schien ein spezieller Tick von ihm zu sein.

Dagegen wurde Steven B. Welden von dem Verdacht des Mordes an der ertrunkenen Lulu freigesprochen. Bei Obduktion stellte man fest, das Mädchen wurde vor ihrem Tode noch vergewaltigt. Sie schien sich heftig gewehrt zu haben. Unter ihren Fingernägeln fanden die Ärzte Hautpartikel, die von dem toten Bill Tosh stammten.

Der Anstaltsleiter Dr. Jefferson wurde seines Amtes enthoben und wegen fahrlässiger Aufsicht eines Schutzbefohlenen angeklagt.

Die Psychiatrie wurde vorübergehend geschlossen und die Insassen in ein anderes Institut verlegt.

Jennifer Rossegger erbte das Vermögen ihres getöteten Mannes. Sie hatte als einzige das Massaker des rachsüchtigen Carl überlebt.

***

Die Zeit des Abschieds war gekommen. Sie hatten vierzehn wunderbare Tage in Palm Beach in Florida erlebt und genossen. Vierzehn Tage Sonne, Strand und Meer. Einzigartige Sonnenauf- und Untergänge, viele Dünenwanderungen, viele Gespräche, viel Zärtlichkeit.

Jennifer hatte sich gut erholt, war wieder vollkommen gesund, eine herrliche, aufgeblühte Schönheit. Ihr seidiges Haar glänzte wie Gold, ihre Lippen schimmerten wie Rubin, und die blauen Augen überstrahlten alles.

Der letzte Abend zu zweit. Steven B. Welden und Jennie Rossegger hockten in Klappstühlen am Strand, hielten sich die Hände und beobachteten den herrlichen Sonnenuntergang in all seinen prächtigen Farben, die sich auf der Meeresoberfläche spiegelten.

„Komm mit mir, geh mit mir auf Weltreise“, flüsterte sie und lehnte den blondes Haupt an seine Schulter. „Was hält dich hier? New York ist ein Hexenkessel. Hier kannst du nicht glücklich werden. Deine Detektei läuft mehr schlecht wie recht. Lass alles liegen und stehen und komm mit mir.“

Er griff nach der Flasche Bier, die er neben dem Stuhl in den Sand gesteckt hatte und trank einen Schluck. Es schmeckte schon etwas schal. „Das ist nicht so einfach für mich“, sagte er langsam.

„Was gibt's da zum Überlegen. Ich habe Geld im Überfluss. Du musst dir keine Sorgen machen. Mein Geld reicht für uns beide bis zum

119

Lebensende." Sie blickte ihn von der Seite an. „Verstehst du, was ich meine? Ich will mit dir zusammen sein und werde alles mit dir teilen. Ich liebe dich."

Er streckte die barfüßigen Beine aus, vergrub die Zehen im warmen Sand. „Ich liebe dich auch, Jennie", sagte er zögernd.

„Wenn du mich liebst, was hindert dich daran, bei mir zu bleiben?", fragte sie.

 Er genehmigte sich noch einen Schluck vom faden Bier. „Wir erlebten unübertreffliche Tage hier. Ich werde diesen Urlaub mit dir nie vergessen. Du bist eine großartige Frau. Aber du bist reich und ich kämpfe immer ums nackte Dasein."

„Was redest du für einen Blödsinn", protestierte Jennifer.

„Ich rede keinen Blödsinn. Du kannst das wahrscheinlich nicht verstehen. Doch ich liebe mein Leben wie es ist. Sicher, manchmal wissen Jeck und ich am Monatsende nicht wie wir die Miete bezahlen. Was soll's, irgendwie klappte es schon. Wir haben nur eine kleine Detektei, aber sie gehört uns. Wir sind selbstständig, niemand kann uns sagen, was wir tun oder nicht tun sollen. Es ist einfach gut wie es ist."

„Obwohl du sagst du liebst mich, würdest du das nicht aufgeben wollen", erwiderte sie traurig.

„Was soll ich denn tun, wenn ich mit dir zusammenlebe?", fragte er.

„Den reichen Ehemann spielen? Jeden Tag Wasserski oder Motorboot fahren, die Straßen mit meinem Ferrari unsicher machen? Elegante Anzüge mit Krawatte tragen, am Handgelenk eine Diamantuhr und jeden Tag langweilige Champagnerpartys feiern?"

„Du hörst dich an wie ein Spießer", antwortete sie pikiert.

Er stand auf und stellte sich vor sie und blickte auf sie herab. „Ja, ich weiß, ich bin ein Idiot. Es tut mir auch leid", entschuldigte er sich. „Doch lass uns diesen letzten Abend nicht streiten, sondern genießen. Komm, ich habe Hunger und Durst. Gehen wir ins Restaurant."

Jennifer erhob sich ebenfalls und legte ihm die Arme um den Hals und küsste ihn. Und beide spürten die Melancholie im Herzen. Die unbeschwerten Sommertage waren vorüber. Der Abschied war nah.

***

Gegen Mittag des nächsten Tages landete die Maschine aus Palm Beach auf den New Yorker Flughafen. Steven B. Welden stieg ohne Begleitung aus.

Er fuhr mit einem Taxi in sein Büro. Auf der Straße davor parkte seine Corvette. Er ging um den Wagen herum, bemerkte, dass die Beule an der Fahrertür verschwunden war. Ein Blick in den Innenraum zeigte ihm auch, dass die herausgerissenen und kurzgeschlossenen Zündschlosskabel wieder fachmännisch repariert wurden.

Wenig später betrat er die Privatdetektei und er blickte sich erstaunt in seinem Büro um.

Der Fensterrahmen war neu verglast. Den zerfetzten Bodenteppich hatte man ausgewechselt. Auf dem Schreibtisch stand ein neuer Telefonapparat. Alles sah aus wie neu renoviert.

Er öffnete die Nebentür zu Jecks Büro.

Jeck Born hockte hinter dem Schreibtisch und auf seinem Schoß die

121

hübsche Maureen, die ihn gerade mit einem Pizzastück fütterte. Maureens Teint rötete sich und sie wollte aufstehen. Aber Born hielt sie einfach fest.

„He, alter Knabe", begrüßte er Welden freundlich. „Du siehst gut aus, richtig knackig braungebrannt. Alles klar?"

Wortlos setzte sich Welden auf die Tischkante und griff ungefragt nach einem Pizzaviertel. „Was treibt ihr zwei Turteltauben hier? Habt ihr keine Arbeit?" fragte er kauend.

„Mittagspause", grinste Jeck Born breit und schaute an dem Freund vorbei zum Eingang. „Wo ist deine Jugendfreundin? Nicht mitge-kommen?"

„Nein, Jennie macht eine Europareise. Paris, London und so."

„Sie reist ohne dich?" fragte Born neugierig.

„Ja, sie hat mich zwar gefragt, ob ich mitfliege. Aber ich habe abge-sagt".

„Du hast einer Millionärin abgesagt?", staunte Born.

„Nicht nur das, als sie fragte, ob ich mit ihr Zusammenleben will, habe ich auch abgelehnt."

„Bist du bekloppt, du verweigerst dich einer wunderschönen, zauber-haften Frau, die dein Leben auf Rosen bettet. Die dich mit so viel Geld versorgt, das du gar nicht verprassen kannst. Ich verstehe dich nicht. Was für ein Leben hätte sie dir bieten können. Du bist ein Knallkopf!" Born schüttelte verständnislos den Kopf.

Maureen löste sich von ihm, glättete den roten Lederrock und trat ganz nah zu Welden. Lächelnd küsste sie ihn auf die Wange und sagte leise: „Willkommen zuhause, Boy. Ich freue mich, dass du wieder zurück bist." Und an Born gewandt: „Ich serviere uns mal den Whisky aus der Geheimbar."

„Gute Idee, Darling", sagte Jeck Born und holte aus der Schreibtischschublade drei Wassergläser.

Als Maureen aus dem Raum gegangen war, sagte Welden: „Ein prächtiges Mädchen. Pass gut auf sie auf, Jeck."

„Keine Sorge, ich weiß, welches Glück ich habe", griente Born, „aber nun zu dir. Was ist schiefgelaufen mit deiner Jennie?"

Welden zuckte die Schulter und sagte: „Eigentlich nichts. Wir erlebten eine schöne Zeit. Aber am Ende erkannten wir, dass wir doch zu sehr verschieden sind. Sie flog nach Paris und ich nach New York."

„Ich bleibe bei meiner Meinung, du bist ein Knallkopf, trotzdem heiße ich dich ebenso herzlich willkommen. Und weil du nach vierzehn Ferientagen genug gefaulenzt hast, und du nun wieder voller Elan bist, kannst du wieder voll in die Arbeit einsteigen."

Born legte einen Aktenordner vor.

„Hier ist ein Job für dich. Ein Ehemann glaubt seine Gattin betrügt ihn und wir sollen ihm dafür die Beweise liefern."

„Na, dann gehen wir es an", lachte Steven Boy Welden.

In diesem Augenblick krachte die Tür auf und ein korpulenter Mann stellte sich breitbeinig in den Eingang. In den Pranken hielt er ein Schnellfeuergewehr. Er schrie triumphierend: „Jetzt schlägt deine letzte Stunde, du Hurensohn. Diesmal entkommst du mir nicht mehr!"

Blitzschnell rutschte Jeck Born aus dem Sessel unter dem Schreibtisch. Fasst synchron mit ihm kippte Welden nach hinten. Da flogen bereits die ersten Kugeln über beide hinweg und sprengten die Fensterscheiben.

Brad Pander schritt in das Zimmer vor und zielte mit der Waffe auf Welden, der ungeschützt am Boden lag.

Bevor Pander noch einmal feuern konnte, tauchte hinter ihm Maureen auf. Mit aller Kraft stieß sie ihm den hochhakigen Absatz ihrer Pumps in die Kniekehle.

Schmerzhaft heulte Pander auf und knickte stark ein. Wütend drehte er den bulligen Schädel.

Da schmetterte ihm die durchtrainierte Maureen die volle Whiskyflasche über den Schädel. Die Flasche zersplitterte und Blut und Whisky ergossen sich über sein überraschtes Gesicht. Wie ein leerer Kartoffelsack sank er in sich zusammen.

„Verdammt, wieso läuft der Kerl immer noch frei herum", schimpfte Welden und raffte sich hoch.

„Weil die Cops ihn noch nicht geschnappt haben", antwortete Born lakonisch und krabbelte unter dem Schreibtisch hervor. Er eilte zu Maureen und umarmte sie zärtlich: „He, Supergirl, du hast uns das Leben gerettet. Das hast du richtig gut gemacht. Ich liebe dich immer mehr."

„Schade um den teuren Whisky", bedauerte sie.

„Was soll's, Darling", sagt er und küsste ihren roten Mund. „Boy wird uns einen neuen Whisky ausgeben."

Todernst wand Welden ein: „Aber nur wenn uns die Versicherung die kaputte Fensterscheibe bezahlt. Jetzt hat dieser Tollwütige auch dein Büro verwüstet. Wenn das mit den Schäden so weitergeht werden sie uns bald kündigen."

„Sieh es positiv, wir haben überlebt", grinste Born. „Ich rufe eben die Cops an, die sollen den Verrückten abholen und einbuchten. Und Maureen besorgt uns einen neuen Whisky, den du spendierst."

Steven B. Welden nickte: „Okay, heute wird gefeiert und morgen tun wir das, was wir am besten können. Unsere Schnüffelnasen in fremde Angelegenheiten stecken…"

Ende

Herstellung und Verlag:
BoD - Books on Demand, Norderstedt
ISBN 978-3-8448-0638-0